私の猫

十文字青

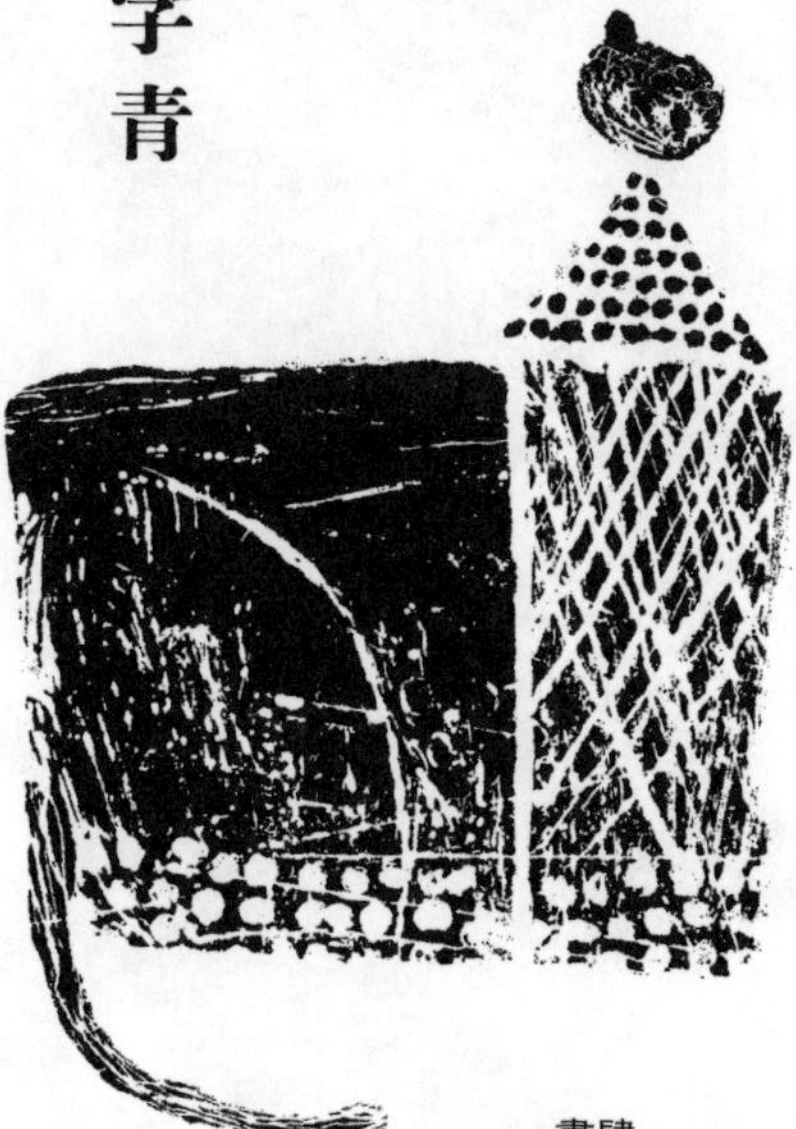

書肆
imasu

父と猫

私は猫と話ができる。

最初の猫はタマといった。

当時、自分が何歳だったかは忘れたが、小学校には上がっていなかったと思う。父が知人から譲り受けたキジトラの子猫を家に連れてきて、今日からうちで飼うと宣言した。私には一つ下の妹がいる。私と妹が猫など飼ってみてはどうだろうといった話をしていたのかどうか。定かではないが、父は猫を飼いたかったのだろう。

父も子供の時分、猫を飼っていたようだ。しかし、その猫は不幸にも風呂で溺れて死んだらしい。雪辱というわけでもないだろうが、父はおそらくまた猫を飼いたかったのだ。

名前は私と妹がつけた。タマを飼いだして数年、母方の親類が青森におり、葬儀があって参列したのだが、一族に同じタマという名の高齢の女性がいることを知った。なんでも、老女タマは土地で有名な霊媒だという。そのような偶然はあったが、猫のタマはサザエさんに出てくる飼い猫の名からとった。とるも何も、そのままだから、安易なことこの上ない。

タマは活発な猫だった。巨大な虫のように駆け回り、あらゆるところに跳び乗って、あちこち飛び交い、私は本当に恐ろしかった。さわると引っかかれたし、噛まれもした。私たち家族は生傷が絶えなかった。

世話も大変だった。今でこそ猫砂と称するものがどこでも売られているが、私は十日に一度は麻袋を持って海岸まで行き、浜で砂を詰めて持ち帰らなければならなかった。これをタマの便所に供していたのだ。

私は正直、タマという猫に対して、かわいいなどと思ったことは一度もない。タマはとても凶暴な獣で、家庭内のヒエラルキーでいえば最上位に君臨していた。誰もがタマの機嫌をうかがって暮らしていた。物を壊す、鼠を獲ってきてわざわざ仏壇の前に置く、突然、ぶつかってくる、爪を立てる、牙で抉る、等々、タマの傍若無人な振る舞いも、私たちには制御しえない。叱ったところで無駄だ。犬は主人に躾けられれば応えるらしいが、人の言うことなど聞く馬鹿な猫はいない。体罰も無意味だ。叩かれればすさまじい速度で逃げてゆく。もしくは、反撃してくる。猫は私たち人間と比べればずっと小さな生き物だが、えらく敏捷だし、力も強い。私の体にはタマにつけられた傷痕がいくつも残っている。当然、死ぬまで消えることはない。

私はタマを心底恐れていたが、嫌っていたかと言えば、それは断じて違う。

家の中でタマを見かけると、私は必ず呼びかけた。タマはこちらを見る。無視することはない。別の名で呼ぶと、知らんぷりすることもあれば、自分が呼ばれていることは承知しているので、私のほうに顔を向けることもある。

私のほうを見ても、近づいてくることはあまりない。タマのほうに用がないのだから、しょうがない。

私に用があれば、タマのほうから近づいてきて鳴く。腹が減っているのに、餌が用意されていないぞ、さっさと出せ、と要求することもあれば、どうもむしゃくしゃするので発散したい、何か猫じゃらしのようなものを使って遊ばせろ、という場合もある。私の察しが悪いと、鈍いやつめ、と噛んだり、呆れて去っていったりする。

私が座っていたり寝転んでいたりすると、膝や胸の上にのってくることもある。私はタマの気がすんでそこからどくまで、じっとしていなければならない。タマは獰猛な猫で、人間に爪切りなど滅多にやらせないから、非常に鋭い爪を持っている。私の胸の上でスフィンクスのような体勢をとり、爪を立てることもある。動くなよ、と私に警告している。私が身じろぎ一つしないでいると、ようやくタマは爪を引っこめる。それでよし、と香箱を作ってくつろぐのだ。

タマは一度、出産を経験した。産まれた子の毛色からすると、たまに近くをうろついていた鉤尻尾の黒猫が父親らしい。五匹産んで、一匹はすぐ死んでしまい、三匹はもらわれていった。鉤尻尾のキジトラ一匹だけはタマとともに家で飼うことにした。私と妹はタマの息子であるこの子猫にターボと名づけた。漫画に出てくる赤ちゃんのキャラクターからとった名前で、これまた安易だ。

タマは間違いなくターボの母親だった。母らしく子に接していた。タマは自由に家を出ては帰ってくる半野良のような暮らしを送っていたが、ターボも少し大きくなると外に出たがるようになった。ターボは父親の血によるものか、単に牡だからなのか、タマより体格がいい。しかし、タマほど機転が利かず、すばしっこくもなく、おっちょこちょいなところがある。私たちは少々心配で、ターボの外出を極力阻止しようとした。タマもターボが気がかりのようだった。タマの様子を見ていればそれはわかった。

そしてターボはある日、家を出ていったきり帰らなかった。私たちはずいぶん捜したが、とうとう見つからなかった。誰も明言はしなかったが、ターボはおそらく車に轢かれるか何かして死んだのだろう。

タマはターボがいなくて寂しそうだった。我が子を失った母親は、けれども逞しかった。タマは決して大柄な猫ではない。むしろ小柄なほうで、手足も尻尾もしゅっと長く、いかにも機敏そうではあるが、強そうには見えない。ところが、実際のところタマは強かった。私たちの家の周囲を縄張りとして、そこに入りこんでくる猫がいれば猛烈に威嚇し、それで相手が引き下がらなければ実力を行使して排除した。猫だけではない。当時はときどき野良犬も出たが、犬にも怯むことはなかった。

タマは長らくその界隈のボスとして縄張りを守りつづけた。私たちはタマの戦いを恐ろしい声やすさまじい物音を通して知っている。タマが怪我をして帰ってきたこともあるが、いずれも軽傷だった。タマは強く美しい猫で、侮られたら決して黙ってはいなかった。やられたら絶対にやり返した。私たちはタマに忖度して行動したが、タマは常に自由自在だった。タマは何に対してもおもねることがなかった。

すべての猫がタマのようであるわけではない。猫もいろいろだ。野良猫でも人に媚びることはある。人に媚びれば生きるのに有利だと知っていて、我々を利用するのだ。狡猾なのではない。すがすがしいばかりに利己的なのだ。だから猫が恥じることはない。

卑屈に見える猫がいれば、それは過去の痛ましい経験によって恐怖を植えつけられ、絶えず警戒していなければ、たとえば人間のような卑劣で残虐な生き物によって、殺されるかもしれないとその猫が考えているからだ。事実、そういったことはしばしば起こる。

私は何度も猫の轢死体を見てきた。車で轢かれるのは事故だろうが、猫をあえて手にかける人間も中にいる。私はそうした人びとを軽蔑するし、百万の猫に群がられて死ねばいいと思うが、べつに非難はしない。猫も人を非難することはないだろう。咎める代わりに、猫は抗い、逆襲する。たとえ力及ばず敗れたとしても、猫が悔いることはない。

小学生のころ、私は体中に落書きされた白猫に出くわし、これを保護した。噛まれたり引っかかれたりしながら洗ったが、落書きは油性マジックによるもので、なかなか消えなかった。私はこの白猫を家で飼いたかったが、タマがいるので難しい。あちこちの家を訪ねて飼ってもらえないかと頼んだが、うまくゆかなかった。結局、父の知人が引き取ってくれ、白猫のシロはその家で天寿を全うした。

落書き程度ならまだましで、もっとひどい仕打ちを受けた猫たち、殺されてしまった猫たちがたくさんいる。しかし、そうした猫たちが殺人者を恨んで死後、化けて出てくるかというと、私はそうは思わない。そのような馬鹿げたことを考えるのは人間だけだ。猫という生き物はそこまで愚かではない。

タマは年老いても悠然と暮らしていたが、さすがに家から出ることはなくなったようだ。というのは、私が実家を出てしまい、帰郷するのも稀だったから、ほとんどタマと会わなくなったのだ。たまに実家に顔を出すと、タマはしゃがれた声で鳴き、私に近づいてきた。数年に一度しか会わなくても、もちろんタマは私をしっかりと認識していた。知りもしない人間にそうして近寄ったりはしない猫なので、間違いない。

私の父は自営業者で、家の半分が仕事場だったのだが、私が実家を出て間もなく、向かいの土地を買って別に自宅を建てた。もとの家はそのまま仕事場として用いた。タマは自宅で家族とともに生活し、仕事場のほうには猫が何匹か居ついていた。

そうした猫たちの世話は、主に父と妹がしていた。父は年をとるごとに偏屈になってゆき、家族と軋轢が生じていたが、猫だけはそれこそ猫かわいがりした。とにかく口を開けば、猫、猫、猫と、仕事に関する事柄を除けば、猫のことしか話さない。どこぞへ行けば、必ず猫の餌を買って帰る。自宅で家族と口論などすると、夜更けでも仕事場へ赴いて猫と過ごしている。

タマは二十年以上生きて大往生を遂げた。

あとから考えると、その前後から父は何かおかしかった。

もともと頑固な人ではあったし、頭に血が上ると何をしでかすかわからないようなところもあった。私は中学生のころ、神社の裏で喫煙していたら、それを察知して激怒した父に追いかけ回された。父は仕事で使う壁くらいなら破壊できる大きさのハンマーを振りかざし、息子の私めがけて突進してきたのだ。妹はそうでもなかったが、母は父を恐れて逆らえなかった。私は父とはそりが合わないし、憎んではいなかったものの、どちらかと言えば避けていた。

それにしても、父はあまりにも頑なになった。母が中年になって口答えするようになり、夫婦間の激しい衝突が増えたことが原因なのではないかと、初めは推測していた。父は母をこよなく愛していた。それだけは誰もが認めるところで、嫉妬心から母の外出をほとんど許さなかったほどだ。母は子供の手前もあって、どれだけ強力に束縛されても忍従していたが、とうとう我慢ならなくなった。父にはそれが耐えがたかったのではないか。

私は長らく地元から離れていたが、思うところがあって帰郷し、実家のそばに居を構えた。それからしばしば父と顔を合わせるようになり、ときには会食したりもする。そのような折には、必ずと言っていいほど問題が発生した。もっとはっきり言えば、父が問題行動を起こすのだ。家から十キロ以上車で移動して飲酒しつつうまい飯を食っていて、とりたてて何があったというわけでもないのに、突然、臍を曲げる。あげく、自分は歩いて帰る、などと言いだす。など、というか、決まって歩いて帰ろうとするようになった。酒も入っている状態で、夜道を十キロ以上、一人で歩くというのだ。

当然、母や妹は、いったいなぜそんなことを、と怒りだす。私や他の同行者は困惑するしかない。

母は父からの電話攻撃にも悩まされていた。何か用があって家を空けると、父から母の携帯電話に怒濤のごとく電話がかかってくる。何度か適当に相手にしても、とどまるところを知らない。いいかげんもう出てやるものかと放置すると、数分置きどころか、一分置きに着信がある。しょうがなく母が出たら出たで、父は切ってしまう。

母は性格がねじ曲がっているのだと父を罵っていたが、どうもおかしい。どうも、ではない。とても正常とは思えない。

私は認知症を疑った。母と妹も懸念を抱いて、何度となく逆上されながらもどうにか父を説得し、脳神経外科で脳を調べてもらった。問題なしとのことだった。私たちはひとまず安堵したが、だとしたら父は病気でもないのに異常とも感じられる行為を繰り返しているのだ。それはそれで暗澹たる結論とも言える。

もっとも、猫たちには何ら関係ない。父は相変わらず猫、猫、猫、猫に餌をやらねば、猫に餌をやるのだ、とにかく猫だとばかりに、仕事場の猫たちをかわいがっている。その中には、私が近所を散歩中に見つけ、自分の家にはすでに先住の猫がいるので、実家に抱いていって保護させたチビという猫も含まれていた。父は、チビ、チビ、チビと、目に入れても痛くない溺愛ぶりだ。チビの牙が眼球に突き刺さっても、父はきっと許すだろう。チビは悪くない、チビに悪意などない、だから責めるのは間違っていると、父は言うに違いない。まったくそのとおりだ。猫に罪はない。

父が猫たちを思って行く先々で猫の餌を買ってくるのはいいが、不足してはいない。逆だ。ありあまっている。

母への電話攻撃も一向にやまない。

家族と話せば喧嘩になり、猫たちが待つ仕事場へ行ってしまう。父は猫たちと暮らしている。

家業は車による出張も伴うが、あるとき、父が出ていったまままなかなか戻らない。ずいぶん遅く帰ってきて、少し道に迷っただけだと言い訳したらしい。

私たちは認知症を疑ったのではない。確信した。方々に相談し、専門の病院を見つけ、なんとか父に診断を受けさせて、やはりアルツハイマー型認知症だということがわかった。父の年齢やこれまでの経緯からすると、五十代から症状が現れていたことになる。若年性と言っていいだろう。

投薬を受けたが、父の病は軽快することはおろか、停滞することさえなかった。次第に、あるいは、どんどん進行していった。私が会いに行っても、自分の息子、長男だとわかったり、わからなかったりだ。

私を息子だと認識しているときには、父といくらか話した。子供のころから父と口をきく習慣がなかったし、私たちの会話は大変ぎこちないものだった。父は現在や未来、近い過去よりも、だいぶ昔の記憶のほうがまだはっきりしているようで、風呂で溺れ死んだ猫の話もこの時期に聞かされた。

私自身にまつわることは一切、父には訊かなかった。私は父を気の毒に思っている。父は私を妨げず、したいようにさせてくれたし、惜しまず経済的に支援してくれたので、感謝してもいる。しかし、父に対する特段の思いれは私の中になかった。父との大切な思い出のようなものもとくに浮かばない。父は仕事熱心で、母を愛し、猫を愛していた。私たち子供のことも愛していただろう。かなり頑固な人だったが、悪い父親だったとは、私は思っていない。ただ、感情的な結びつきのようなものが、私と父の間には欠けていた。私と父はとりたてて何も共有していなかった。

父の病状は悪化の一途を辿った。車の運転は危険すぎるのでとっくに禁じていたが、鍵を盗みだして勝手に運転する事件を何度か起こした。そうしたこともなくなった。自分が車を運転できること自体、もはや覚えていないようだ。車に乗らなくなってから、自転車でどこかへ行ってしまうことがたびたびあった。車道のど真ん中を走行して、警察が出てくる騒ぎになったりもした。そうしたこともなくなった。

昼間はいくらか落ちついていても、日が傾いてくるに従って不機嫌になり、周囲に当たり散らす。父の暴言は激しいものだった。一緒に暮らしているわけではない私のことなど、もうわからない。私が声をかけると、誰だおまえは、と睨みつける。私は、あなたの息子だよ、とは言わなかった。言ってもわかるまいし、思いだそうとするのも負担だろう。

私は実家に立ち寄っても父とは会わないよう気をつけた。母と妹から父の様子を聞かされはした。介護の模様は壮絶だった。父は母と妹のことは身近な人間として受け容れているようだ。しかし、それ以外の人びとは誰が誰やら、ほとんどわかっていない。家の窓から外を眺め、通りかかった人の名を口にすることがたまにあるという。しばらく前に私を見かけ、自分の長男だと理解している口調で、私の名を発声した。あくまでも、しばらく前の出来事だ。父にとって母と妹は同居人だが、自身の配偶者と娘だと見なしているわけではない。

父は自宅から出ることも少なくなった。鎮静する薬を飲んでいるせいもある。興奮すると自宅を飛びだして、仕事場へ向かう。父が仕事場で何をしているのか、誰も知らない。下手に刺激したくないので、そのままにしておく。そのうち父は戻ってくる。仕事場での父はどのような時間に包まれているのだろう。ともあれ、仕事場には猫たちがいる。

深夜と早朝の間くらいに私の家のチャイムが鳴った。その前に私はぼんやりと目が覚めていた。サイレンが鳴っていたのだ。どこかで火事だ。そう遠くはない。そこまで近くもない。私はベッドから跳び起きた。出ると、親類だった。実家が火事だという。

とっさに仕事場だろうと思った。今は仕事場だが、かつて私はそこに住んでいた。一階部分の大半が工場《こうば》で、二階には居住できる部屋がある。古い建物だった。しかし、火元は仕事場ではないという。私が実家を出てから新築した、私は住んだことがない自宅のほうが燃えているらしい。

文字どおり駆けつけると、消防車が何台も来ていて、火は見えなかったが、すごい煙だった。たしかに自宅のほうだ。仕事場には知人が集まり、消火作業の行方を見守っていた。母も、妹も、そして父もいない。皆、救急車で運ばれていた。

母はやがて帰ってきたが、妹の容態は不明だった。折悪しく疫病の最中で、病院内は混沌としており、処置で手一杯だったようだ。私たちはのちに知るのだが、妹は気管切開して人工呼吸器をつけられ、生死の境をさまよっていた。重体だった。

父は軽度の火傷を負っただけだったが、家に連れ帰るわけにもいかない。何しろ、連れ帰る家がないのだ。緊急事態でもあるし、アルツハイマー病の治療を受けていた病院が父を受け容れてくれるという。父は入院した。

疫病への対応のため、父に面会することはできなかった。決められた日時に予約して、ビデオ通話を使ったモニター越しの対面は可能だった。

私も一度、父と対面した。父は存外よくしゃべり、思ったよりは元気そうだった。ただ、一瞬、誰だかわからない程度には面変わりしていた。なんとか生きながらえて快復した妹が、猫は元気にしているよ、と言うと、父はさして関心がなさそうに、そっか、とだけ答えた。

父は誤嚥性肺炎などで何度か危篤に陥った。そのたびに持ち前の体力で切り抜けたが、母の誕生日に急変して息を引き取った。

父がかわいがっていた猫のうちの何匹かは死んでしまったが、私が実家に連れていったチビはまだ生きている。

私が実家に寄ると、どこからかチビが現れてゆったりとした足どりで近づいてくる。若いころは勇ましく、堂々としていたが、もはや老境に入ってだいぶほっそりした。

チビは人懐っこい。私はこの猫の父親に心当たりがある。

野良だが、丸々と太っていて、民家の駐車場などで横になり、通行人にも平然と腹をさらす。一帯の住民には愛想を振りまき、あちこちで餌をもらっているのだが、近隣のボスだと噂されている。私はそのボス猫を撫でたことがある。撫でたかったのではなく、撫でさせられた。思わず撫でてしまった。そのボス猫は白の面積が広いサバトラなのだが、尻のあたりに特徴的な白抜きの模様がある。チビにもそれとまったく同じものがあるのだ。

私はチビが撫でろと言えば撫でるし、指を舐めさせろと言えば舐めさせる。チビが横っ面や首をこすりつけたいと言えば、そうさせる。チビは父親ほど大胆不敵ではないが、縄張りは広いし、年をとるまでは喧嘩をしても強かった。

もう十分だと言ってチビが離れてゆく。

先日、父の一周忌をささやかにいとなんだ。父の次兄と妹が遠方からわざわざやってきてくれた。二人とも面差しが父に似ている。とくに次兄は、体形や歩き方まで気味が悪いほどそっくりだった。

二人に父のことを尋ねた。二人が言うには、小学校に上がってすぐ、ランドセルを背負って一人登校する私が心配で、父はあとをつけたらしい。もちろん私は初耳だった。知るはずもない。父の次兄と妹も、その光景を見たわけではなく、父から直接聞いたのだという。小さな私をこっそり尾行したのだと、なんとも嬉しげに父が語っていたそうだ。

私は猫と話ができる。

人間と話すよりはずいぶん簡単だ。

1
9
9
8
1
9
9
9

1998年。札幌のすすきのをうろついていたら、青いチャイナドレスを着た女性が植樹帯の縁石に腰かけてウクレレを弾きながら歌っていた。目がすっと細くてきれいな人だが、ウクレレの音色は歓楽街の騒音にかき消されてほとんど聞きとれないし、感銘を受けるほどの歌声でもない。

それまで目に入ってもとくに気にしていなかったが、路上の歌唄いは彼女だけではなかった。だけではないどころか、そこらじゅうにいる。薄野《すすきの》交番のすぐそばでも、二人組の男性、男性一人、女性一人と、三組もの歌唄いたちが楽器を弾きながら大声で歌っているくらいだ。楽器はたいていアコースティックギターだが、ジャンベという西アフリカの太鼓を叩いている人もいたし、カラオケ機能付きのマイクで歌っている女性などもいた。ある者は流しを自称し、自分はストリートミュージシャンだと言う者もいて、単に、ストリート、とも呼ばれていた。とにかく数十人、ひょっとしたら百人を超えるのではないかという流し、ストリートミュージシャンたちが、すすきのに大集結していた。

ストリートたちはギターケースだとか缶みたいなものだとかを地べたに置いていて、その中には金が入っている。いわゆる投げ銭だ。数百円、数十円、それ以下ということもあれば、小銭に紙幣が一枚、もしくは数枚交じっていることもある。たいていの場合、女性のストリートは男性のストリートよりも景気がいい。女性ストリートの周りには複数の客がたかっていることもめずらしくないし、固定ファンらしきその手の連中はどう考えてもいい金づるだろう。女性ストリートの集客力は概して高いようだ。

もっとも、チャイナドレスの女性に関して言うと、固定ファンはついていないらしい。服装が服装だけに目を引くが、どういうわけか楽器がウクレレだし、歌はまあ、上手ではないというか下手くそで、僕が思うに選曲もよろしくない。

ストリートたちはわりと誰でも知っているような、通りがかった人が「お、知ってる」とか「あ、これ好き」といった具合に足を止めそうな曲を歌っていることが多かった。立ち止まらせて金を入れてもらいたければ、当然そのほうが有利に決まっている。

ところがチャイナドレスの女性は、よくわからない曲ばかり歌っているのだ。さらに言うと、たとえなんとなく知っている曲でも、彼女がウクレレを弾いて歌うと、まるで知らない曲のように聞こえる。

何回も彼女の前を通りすぎたり、少し離れたところから耳を傾けたりしているうちに、もしかしたら彼女は下手というよりも、変なのではないかと僕は思いはじめた。たしかに音程がちょくちょく外れる。それが、ちょっと外す、という感じではなくて、聞いているこっちが「えっ……?」と戸惑ってしまうような、不思議な外れ方なのだ。そもそも、声自体が絶えず不安定に揺れている。おかげで安心して聞いていられない。

彼女は地面に四角い缶箱を置いていた。中身は小銭が少々といったところだ。彼女をチラ見する通行人は少なくないが、足を止める者は多くない。興味を引かれて彼女の歌声に耳を澄ましても、いやぁ、ないな、という感じで行ってしまう。ない、ああ、ないわ、ない、と何回も首を横に振ったり、うわっと顔をしかめたりする者までいる。

そんな中、赤ら顔で明らかに酔っ払っている初老の男が彼女の隣に座り、千円札を缶の中に投げ入れる場面を僕は目撃した。初老の男は彼女の歌を聞きたいわけではないようで、これから飲みに行こうよ、といったような誘いの言葉をかけた。彼女はすげなく断った。すると初老の男は、舌打ちしながらあろうことか、自分が入れた千円札を缶の中から取りだして、憤然とした足どりでそのまま立ち去ってしまった。

いくらなんでもそりゃないだろうよ。僕は彼女の缶になけなしの五百円玉を入れた。

「おねえさん、すっげえ下手だね。それだったら、おれのほうがよっぽど上手いよ」


そのあと僕は彼女と飲みに行った。僕は金を持っていなかったので、彼女が奢ってくれた。僕は一応北大生で、大学近くのアパートに住んでいたが、帰れないというほどではないにせよ、自分の部屋にはあまり帰りたくない。そのことを話したら、彼女は軽い調子で

「じゃ、うちに泊まる？」と言ってくれた。僕は厚意に甘えることにした。

彼女はすすきのから歩いて二十分くらいのところにあるライオンズマンションに住んでいた。一人暮らしではない。３ＬＤＫの一室を借りて、友人二人とルームシェアしているという。しかも、男性一人、女性二人のうちの一人が彼女で、そこに僕のような今夜初めて出会った人間が転がりこむというのは、普通に考えるとなかなかに異常な事態だ。大丈夫なのかなと思ったが、彼女はべつに平気だと言うし、行ってみたら同居人の男性とはすぐ打ち解けた。もう一人の女性は昼間働いているということで、すでに寝ていたから会えなかった。

彼女の部屋は六畳の和室だった。僕は彼女の布団で彼女と並んで寝たが、なんとなくキスをしてみただけで、それ以上の行為には及ばなかった。隣の部屋では彼女の同居人の女性が眠っているわけだし、深夜騒がしくするのもどうかと思ったのだ。やらなかったというか、僕がやろうとしなかった理由は、たぶんそれだけだった。

次の日、僕は素早く自分の部屋に戻って猫に餌をやった。僕はオベーションのエレアコを死蔵していた。高校生になってすぐ、軽音楽部に入部してバンドを組もうとしたのだが不首尾に終わり、だったら一人で弾き語りでもしようと貯金をはたいて買った。結局、ほとんど弾くことはなくて、新品同然だった。

僕はエレアコを抱えて自分の部屋をあとにした。時間帯を選んでいるので平気だとは思うが、出入りの際は緊張する。待ち伏せを警戒しないといけない事情が僕にはあった。それで最近ほとんど部屋にいないが、猫を飼っているのでずっと空けっぱなしというわけにもいかない。先方はそのあたりのことを把握しているから、アパート付近で張り込んでいれば僕を捕まえられると考えている。ただ、先方にも日常の生活があるし、四六時中僕を監視しつづけることはできない。

その夜、僕はすすきので歌った。五、六時間で稼ぎは数千円だった。時給に換算したら千円に満たないが、初日にしては悪くない。

歌い終えると、僕はチャイナドレスのウクレレ女性ストリートYに一杯か二杯奢り、その足で彼女が住むライオンズマンションに向かった。風呂を使わせてもらい、彼女の部屋で彼女と一緒に彼女の布団に入って寝た。朝ご飯は彼女がちょっとした和定食のようなものを作ってくれた。昼飯は同居人の男性が豚バラ肉を焼いてタレをからめ、白飯にのせたものを食わせてくれた。それから一度、アパートに帰って猫に餌をやり、午後六時ごろにはすすきのに出て歌いはじめた。午前一時過ぎには切り上げて、ライオンズマンションでYと同衾する。気がついたらそんなふうに日々を過ごすようになっていた。

まあ正確に言うと、Yはラウンジかどこかで週に何回か働いていたから、その日はストリートをやらない。僕は毎晩、週七ですすきのに出た。

ニッカの看板の下を通って進むと、薄野交番、新ラーメン横丁、吉野家などが並んでいる。僕はその一帯を自分の縄張りに定めた。もちろん、許可をとっているわけでも何でもないから縄張りも何もないのだが、すすきののストリートたちはそんなに早くから仕事を始めたりはしない。午後六時だとまだ人通りが少ないし、ストリートはまだ出没していないので、その時間に行けば好きな場所を取れる。たまに、そこ自分の場所なんだけど、みたいに言ってくるやつもいたが、おまえはこの土地いくらで買ったんだとか、そこの交番行って少し話そうかとか、適当に言い返して追い払った。たいていのストリートは週末だけか、せいぜい週三、四、多くても週五だったから、週七の僕はすぐにその一帯で顔を知られるようになった。界隈のストリートたちと顔見知りになり、Kという僕の名も覚えられた。僕の中でも、彼ら、彼女らの顔と通り名が次第に一致するようになった。Yとは同衾するうちに自然の流れでセックスして、ある日、私はあなたの彼女なのですか、と尋ねられたので、そうだと思います、と僕は答えた。

もともとエレアコを所有してはいたものの、僕の腕前はFのコードをどうにか押さえられる程度でしかなかった。毎晩、五時間も六時間も弾いているのに、不思議なほどそこから上達しない。僕にはギターの才能がまったくないのだろう。

歌のほうは少なくともYよりはだいぶましで、それなりに自信があった。大声で歌っていると喉が嗄れてしまうのだが、嗄れたまま毎晩歌いつづけていたら、声に独特の錆のようなものが出てきた。少し嗄れているような声質なのに、高音が出ないということはなく、それ以上嗄れて喉が潰れるわけでもない。僕は地声がけっこう低かった。でも、歌えば歌うほど音域が広くなり、どうしても歌えない歌は少なくなっていった。

高校時代にバンドを組んだというか組もうとしたとき、僕は音楽で身を立てようとひそかに目論んでいた。その野心があったからこそ、バンド活動が暗礁に乗り上げたのに、エレアコを買ったのだ。たしか三万数千円で、音楽店にあったオベーションのエレアコの中で一番安いものだったと思う。それでも当時の僕にとってはかなり高価だった。せっかくエレアコを買ったのにろくすっぽ弾かず、いつしか身も心も音楽から離れた。そして、Yとの出会いをきっかけに、僕は音楽の道へと立ち戻ったのだ。

僕はだから、音楽で、というか、ギターがあまりにも下手なので、歌で食べてゆこうと考えていた。おそらく、すすきので初めて歌った夜、僕はすでにそのつもりだった。そうでもなければ、僕のような人間が週七ですすきのに通って一日たりとも休まずに歌いつづけたりするはずがない。僕は大学をさぼりがちどころか、まったく寄りつきもしない不良学生で、浪人中、予備校に半年通ったことになっているが、実際は三日しか行かなかった。ついでに言えば、高校でも無断欠席と早退を繰り返し、なぜ無事に卒業できたのか、自分でもよくわからない。しかし、すすきの随一と言っても大袈裟ではないくらい、僕は真面目なストリートだった。

カツローというミスチルの桜井和寿に少し似ているストリートがいて、彼はミスチルばかり歌った。客はほぼ全員若い女子で、ときどきものすごい人数の女の子たちに囲まれてわあきゃあ騒がれていた。彼はもてた。想像を絶するほどもてていた。

「Kさん、Kさん、俺、昨夜、逆ナンされてさ」

「へえ」

「相手二人で」

「二人」

「それで3Pしたんだけど」

「まじで。すごいね」

「そしたらさ、やってる最中、女の子たちめっちゃウケて」

「ウケた？　なんで？」

「いや俺のチンポが細いって。やったら細長いって」

すぐそばに薄野交番があるし、どれ、そのやたらと細長い生殖器官というものをここで見せてみろと強要するわけにもいかない。すすきのをよくほっつき歩いている顔馴染みの若い女性が、たまたま僕の前にしゃがんで歌を聴いてくれたので、試しに質問してみた。

「そういえば、カツローとやったことある？」

「あるある」

「細長かった？」

訊いた瞬間、女性は噴きだした。僕は他にも十人以上の女性に同じことを尋ねたが、答えは一致していた。当然、カツローはその全員と関係を持ったということでもある。もはやこの近辺にいる若い女性で、彼と関係を持ったことがない者など存在しないのではないかと思えるほどだった。

ダダくんという大学生のストリートは、ほとんど尾崎豊の歌しか歌わないのだが、まるで演歌のような歌い方で、テンポがやたらと速い。彼は無類のキャバ好きで、ストリートで稼いだ金はすべてキャバクラに注ぎこみ、その行為をキャバると称していた。彼はキャバりまくってキャバ嬢を口説き、また、彼の客になった女性も口説きに口説いて、一日に最高五回転したという武勇伝を僕に聞かせてくれた。デートしてホテル行って出てきてまた別の女性とデートしてホテル行って出てきて、さらにまた別の女性とデートしてホテル行って、これを五回繰り返したあとにストリートをやって稼いだ金を握りしめ、もちろんキャバったという。

ハナさんというストリートは、身長の低さがまったく気にならないほど風采がよくて、ハスキーな声に色気があり、女性の客というか女性ファンが多かった。ハナさんにはじつに可愛らしい彼女さんがいるのだが、他の女性とも飲みに行っていたし、関係を持つこともあっただろう。それでハナさんの彼女さんはよく人前でキレて、しかし、ハナさんによしよしとなだめられると、結局、許してしまうのだ。ハナさんもしょうがない人と言えばしょうがない人だが、許してしまう彼女さんの気持ちもわかる。それくらいハナさんは魅力的な男性だった。

他にも女性にもてるストリートはたくさんいたし、彼らは基本的によく遊んでいた。それもまたストリートたちの生活の一部なのだろう。歌を聴く以上に、ストリートと遊びたい人たちも大勢いるわけだし、需要と供給が合っていた。

でも僕は、客はあくまでも客だと割りきっていた。客であること以外、それ以上の何かを求めている女性もときおり現れたが、僕は下手なギターを弾きながら真剣に歌うことと、場を繋ぐための多少のおしゃべりしか提供しない。客と飲みに行くことすらなかった。ストリート仲間には、ときにミスター・ストイックと揶揄された。僕はあんなに不真面目だったのに、打って変わってストリートにはとことん真面目に取り組んでいた。

その日、僕は油断していたのだと思う。アパートの手前で、突然、背後からタックルされた。

「もう放さない、絶対、放さない、何があっても放さないから」

僕が、放せ、と言う前に、タックルしてきた人物は金切り声で絶叫した。北大近くの学生街で、人通りはそこそこある。通報されたらどうするんだよと思いながら、僕はその人物を振りほどこうと懸命に努力したが、まったく果たせない。理性を半ば失っていて抑制が利かないのか、すさまじい馬鹿力だ。

「わかった、わかったから、ここではやめよう、家で、家に行って、家で話そう、な」

僕はやむをえずその人物Nを自室に招き入れた。Nは部屋に入ると、すぐさま猫を見つけて抱き上げた。僕が飼っている猫の名付け親はNだった。当時、Nは僕の部屋に入り浸り、半同棲のような状態だった。僕はNと交際していた。

猫はNにそこそこ懐いていたので、おとなしく抱かれていた。Nは猫に餌を与え、猫のトイレを掃除した。僕はとりあえずNと話しあうつもりだったが、キスされると拒めず、結局、セックスしてしまった。一回ではない。二回でもない。三回もしてしまった。

「別れるのやめよう。ね。もっかい付き合おう。やり直そう。だってあたし、Kのこと好きなんだもん。好きすぎて忘れるのとか無理。いいよね?」

僕はこの部屋でNと数えきれないほどセックスした。Nにとって初めての相手が僕だった。初回はとても大変で、お互い苦労した。Nがその方面に好奇心旺盛だったこともあって、僕らはありとあらゆる種類の行為を試した。Nは僕の前で他の男と親しげに話し、僕の嫉妬心を煽ることもあった。揉めたあとには決まって濃厚なセックスをした。Nは僕以外の男と一度関係を持った。僕しか知らないということが、どうしても納得いかなかったのだとか。当然、僕は憤慨した。Nはそれほど悪びれず、やはり僕のほうが数段いいとのたまい、僕は納得いかなかったが、それでもやっぱり僕らはセックスした。Nは僕が寝ている間に催すと、勝手に服を脱がせて僕にまたがった。一日に一度ではとうてい足りないとNは主張した。日に最低でも二度、三度以上もめずらしくない。生理期間中でもNの意欲は衰えなかった。それが延々と続いた。

他にもいろいろなことが積み重なって、僕はNに別れようと切りだした。僕らは別れたのだが、Nは納得していなかった。僕につきまとい、再三復縁を迫ってきた。僕はNから逃げていた。Nに捕まるとこうなってしまう。おそらく、それがわかっていたのだろう。僕だけではなくて、Nもわかっていたのだ。密室で二人きりになったら、僕らはセックスしてしまう。そうしたらまた元どおりだ。僕はそうなりたくなかった。ところが、まんまとそうなってしまった。

「いやおれ今、彼女いるんだけど……」

「別れればいいじゃん。だって、あたしと付き合うんだから別れてよ」

「簡単に言うなよ」

「でも、別れるしかなくない?」

たしかにYとは別れるしかない。Nとよりを戻したいからYと別れるというよりも、僕は結果的にNと部屋で二人になってセックスしたわけで、この件をなかったことにしてYとの関係を継続するのはかなり難しいだろう。僕はNが嫌いではなかった。NとのセックスはいいI。頻度さえ適切なら。Yのことは好きだった。セックスも悪くない。一人の人間としても、ちょっと風変わりで、尊敬できる。僕はYにNとの過去を打ち明けていた。それだけではないとしても、Nとの別れが僕とYを出会わせた、とも言えなくはない。そのNとついやっちゃいました、だけどもうしません、許してください、というのは、虫がよすぎる話だ。Yなら許してくれそうな気もする。許されてもな、と僕は考えてしまう。またNと会ったらやってしまうかもしれない。というか、僕はやると思う。Yとは別れたほうがいい。別れるしかない。

僕はすすきのの新ラーメン横丁の斜め向かい、つまり、いつも僕が歌っている場所でYにその話をした。彼女はその夜、ラウンジでの仕事はなく、すすきので歌う予定もなかった。ふらりと僕の歌を聴きに来て、僕の隣に座った。平日で人通りが少ない。ちょうどいいと僕は思った。この機会を逃す手はない。

「ごめん、いきなりなんだけど、別れましょう」

「は？　別れる？　何のこと？」

「いやだから、おれたち。別れようっていうか、別れるしかないな。うん。別れる」

「なんで？　まさか」

Yはすぐに悟ったらしかった。

「Nとより戻すの？」

「ううん、まあ、そうとも言えるし、そうじゃないとも言えるし……」

「どっち？　ちょっと、私と別れるのはしょうがないとしても、それだけはやめて」

「え？　どういう？　何？　え？　なんで？」

「その人は絶対にあなたのことを幸せにできない。その人と一緒にいても、あなたは幸せになれない。だからやめてって言ってるの」

きっとYは正しい。そのとおりだろうなと僕も思う。何をもって幸せと呼ぶのか、これはなかなか難しい問題だが、少なくともNと一緒にいて、幸せだと感じたことはない気がする。そもそも、幸せになりたいと僕は望んでいたのだろうか。幸せ。幸せ、か。よくわからない。でも、こんなことになっているのに、僕の幸せについて語っているYは、何というか立派な人だし、僕には立派すぎるというか、我ながらどうかと思うが、僕はちょっと笑ってしまいそうになった。

「とにかくまあ、そういうわけなんで」

もちろん僕は笑ってしまわないようにこらえながら、手早くエレアコをギターケースにしまったり、譜面立てを片づけたりして立ち上がった。Yはまだ植栽帯の縁石に座ったまま僕を見上げている。今にも泣きそうな顔だ。まあ泣くだろう。

「これで別れるってことで」

僕ができるだけ淡々とそう言った途端、Yは両手で顔を覆って泣き声を上げた。

「わあっ」

最初、僕は嘘泣きかもしれないと疑った。それでよく見てみたら、Yはしっかりと、というか、ちゃんと涙を流していた。

「ええん、ええん、ええん」

嘘みたいな話だが本当に、Yはそんなふうに泣いた。そうとうな大声だった。

おいおいおい。待て待て待て。

僕はかなり慌てていた。Yを慰めようとか、とりあえず何か声をかけたり肩を抱いたりして取り繕うだけは取り繕おうとか、そんなことは一切考えなかった。考えられもしなかったし、その手の行動をとることもなかった。

僕は歩いた。すすきののど真ん中で大号泣しているYを無視して、足早にというわけでもなく、ごく普通の速度で歩いてその場を離れた。それからアパートに帰って猫に餌をやり、もう夜遅いというのにNが訪ねてきたのでセックスした。

Nと形式上よりを戻してからも、僕はストリートを続けた。当然のことながら、Yのライオンズマンションにはもう行けないので、午前三時か四時くらい、ほとんど誰も通らなくなるまで歌ったあと、始発まで時間を潰し、地下鉄でアパートに帰った。

Nは短大生だった。前に僕と交際していたころは、決して真面目な学生じゃなかった。僕ほどじゃないとしても。何しろ、僕のアパートに入り浸ってセックスばかりしていたのだ。Nの母親から僕に電話がかかってきて、きついお叱りを受けたこともある。僕は、はあ、はあ、すみません、と謝ったが、胸の裡では、でもさあ、来るなっておれが言っても、押しかけてくるんですよ、あんた親でしょう、そっちが止めてくださいよ、と思っていたし、それに近いことを言いもした。

僕と別れてから、Nは卒業を目指してそこそこ短大に通っているようだ。僕は始発で帰ってきて、それから寝て、起きると昼過ぎで、作詞作曲をしたりして、午後五時半には必ずアパートを出る。土日も休まないというか、週末こそ稼ぎどきだ。Nと会う時間はあまりない。Nは不満そうだったが、僕は気にしなかった。アパートにNがやってきたら部屋に入れたが、どうせ午後五時半までだ。僕がいない部屋に居残ることは許可しなかった。

Nの母親は僕の携帯電話の番号を知っている。電話がかかってきたら面倒くさい。

毎日じゃないが、僕はストリート仲間のSと始発待ちをすることが多かった。Sは女性で、週に三回程度すすきのに出てくる。華奢で目が細くて、髪の毛をツインテールにしていて、おんぼろギターを弾きながら、ヘッドセットマイクをバッテリー駆動のスピーカーに繋げて歌う。Sのファンは多い。すすきので指折りの稼ぎがいいストリートだ。歌い終えたSのギターケースには、千円札、五千円札どころか、万札まで入っている。僕も何度か万札をもらったことがあるが、そうとうレアだ。Sは違う。今夜は万札が入っているか入っていないか、入っていなかったら、ちっ、と舌打ちをする。そういうレベルだ。僕は一晩一万数千円稼げればかなりいいほうだが、Sは数万円荒稼ぎする。

午後六時に出勤する僕と違って、Sは早くても午後七時半とか、遅ければ午後九時過ぎに現れる。Sの定位置は、月寒通りと札幌駅前通りが交わる交差点を南に進んで間もなくの目立つ場所だ。S以外のストリートがそこで歌っていることもある。でも、Sが出てくると、やがてそのストリートは帰るか移動する。Sは場所を取られると、そのストリートの真ん前にしゃがんで三白眼でにらみつけ、無言の圧をかけつづけるという方法で対抗者を排除する。どけと言ってどかせたこともあるらしいが、おとなしくどかないこともあるので、その手法に落ちついたのだとか。本人曰く、これで相手がどかなかったことは一回もないという。

Sの地声は女性としては低めだが、鼻にかけたかわいらしい声を作って歌う。スピッツが好きで、オリジナル曲もスピッツっぽい。客からのリクエストには、知っている曲なら応じる。古めの歌謡曲を歌う際は地声に近い声を出すのだが、そっちのほうがいいと僕は思う。自分の中で勝手に思っているだけで、Sに言ったことはない。

僕とSは毎回同じ店で始発待ちをする。始発まで営業している店がそうたくさんあるわけじゃないので、選択肢がそもそも少ない。通っているうちに居心地がよくなったというのもある。

僕らは適当にカクテルを作ってもらってがぶ飲みしながら、次から次へと料理を頼んで食いまくる。小柄なSは僕ほど食べないが、そうはいっても始発待ちまでろくに食事をとっていないことも少なくないので、体つきのわりには豪快に食べる。僕らは七、八千円、ときには一万円くらいその店で使って、始発の時間になると地下鉄南北線すすきの駅へと向かう。僕は北、Sは南に帰るので、そこで、またね、と別れる。

以前は人通りが絶えても午前二時くらいまでは意地を張って歌いつづけたが、Sがすすきのに出ている日は早めに切り上げるようになった。そんな日はSも早じまいをするので、一緒に始発まで時間を潰せる。Sだけじゃなく、他のストリート仲間数人と集まってセッションしたり、路上で酒盛りをしたりすることもあった。

コウジさんという深い時間帯にしか姿を見せないストリートがいて、Sと二人で彼の歌を聴きに行ったりもした。

すすきの界隈のストリートの中でかっこいい男といったらハナさんだが、コウジさんもかっこいい。いや、比べるのは何か違うというか。コウジさんは僕らよりずっと年上だし、ギターも歌もプロ並みに上手い。

本人じゃなくて別口から聞いたところによると、コウジさんはスカウトされてデビューする寸前までいったらしいが、業界の人たちと肌が合わなくて自分から降りてしまったようだ。具体的には、北海道民なら誰でも知っている夕方のローカル番組に出演する寸前、色々あってこんなのやってられるかと帰ってしまった。契約などで大揉めに揉めたりもしたようだ。それ以来、コウジさんは商業的な音楽活動には興味がなくなったらしい。

スカウトだけなら僕もされたことがある。業界関係者を名乗る人物から声をかけられたり、名刺をもらったりした経験があるストリートは多い。でも、実際デビューまで話が進むことはまずない。少なくとも、今のすすきのストリート界では一度も耳にしたことがない。誰かがデビューしたら必ず噂になるので、すぐわかる。

僕は地方局の昼間の番組で取り上げられたり、NHK札幌放送局のディレクターがストリートのノンフィクション番組を制作するのに協力して出演したり、路上で録音した僕の歌がラジオで流れたり、そのラジオ局主催のイベントにギャラをもらって出演したりしていた。おかげでメディア関係の知人が多少いたが、彼らは全員、コウジさんのことを知っていた。知る人ぞ知る実力者だった。

気が向いたら、コウジさんはバーボンの瓶を片手にギターを担いですすきのに現れ、ロビンソン百貨店の裏口シャッター前で煙草を吸いながら歌う。僕も煙草を吸うし、酒飲みでもあったが、飲みながら歌うようになったのは間違いなくコウジさんの影響だ。僕は煙草なら何でもよかったが、コウジさんがもっぱらクールというメンソール煙草を吸っていたから、僕もクールを吸うようになった。

　コウジさんは本当に上手い。僕はギターの才能が皆無だからコウジさんの腕前を判定することもできないが、ブルースからロックからポップスから演歌まで何でも弾ける。そして何より、歌がいい。力まないで自然に、安定しているのに変化に富んだ歌声を、遥か遠くまで楽々と響かせる。

　コウジさんはいつも笑っている。常に笑顔だ。僕とSが近づいてゆくと、軽く片手を上げて何か適当に歌ってくれる。即興で歌を作って披露してくれたりもする。しゃべっている間も、ギターを抱えたままだ。たまに爪弾く。バーボンのボトルに口をつけてくいっと飲む。煙草を吸う。そして歌う。

　ときおりコウジさんは小さな店でライブをする。ギャラは受けとるが、雀の涙だろう。ストリートでも稼ぐ気はなさそうだ。だいたい、深夜のロビンソン百貨店の裏口シャッター前なんて、大勢が行き交う場所じゃない。

「あの、なんか、もっと表のほうで歌ったりとかしないんすか」

　僕は一度、訊いてみたことがある。コウジさんはへらっと笑って答えた。

「しない。俺はこうやって歌いたいときに歌ってるだけでいいから」

コウジさんは長髪だ。のびすぎると自分で切る。家はない。親しい女性の部屋か、友人の店で寝る。バーボンと煙草を買う金だけあれば、他には何もいらないという。コウジさんの歌を、そしてコウジさん自身を愛している人は、年齢性別を問わずたくさんいる。そういう人たちがコウジさんに飲食させ、寝場所を提供し、コウジさんはひたすら気ままに歌う。

僕は物怖じするということがない。でも、コウジさんに、なんか歌ってよ、と求められたときは腰が引けた。僕とコウジさんでは歴が違いすぎる。僕はひよっこで、コウジさんはベテランだ。でも、コウジさんみたいな本物の前で、と思いかけて、それじゃ自分は偽物ってことかよと考え直し、吹っ切れた。

僕が一曲歌ってみせると、コウジさんは拍手してくれた。

「K、歌は好きかい」

「好きです」

「一生歌ってくのかい」

「一生歌います」

「そうか」

コウジさんは僕を手招きした。何だろうと身を寄せると、コウジさんは僕の胸の真ん中あたりを拳のやわらかいところで、どん、と打った。

「一生歌え」

Nとは別れた。簡単には納得してくれなかったのですんなりとはいかなったが、会わない時間が長くなっていたし、Nも思うところがあったのだろう。

「あたし、いい彼女じゃなかったね。ごめんなさい」

僕の部屋でそう言って泣きじゃくるNとセックスしなかったのだから、今度こそちゃんと別れられそうだ。

「最後に、キスしてください」

玄関まで送って、出てゆく間際、Nはいやにしおらしい態度で僕にそんなお願いをした。僕は拒まなかった。僕が唇と唇を触れあわせるだけのキスをすると、NはNで悟ったようだった。

「わかった。さよなら」

Nが来なくなった部屋で、僕は毎日午後一時から午後五時まで、煙草を吸いまくりながらギターを弾いて詞を書いた。一日最低一曲は作るのが僕のノルマだった。出来た曲は忘れないようにラジカセで録音し、コピー用紙に詞を清書してコードを書きつけておいた。

いつものようにカーテンを締めきった煙たい部屋で作詞作曲活動に精を出していたら、携帯電話じゃなくて家電が鳴った。携帯電話もめったに鳴らないのに、家電にかかってくるなんてめずらしい。無視しようかとも思ったが、呼び出し音が一向に鳴りやまないので出てみることにした。

「はい、もしもし」

『K』

「誰？」

『私。D』

「あぁ……え？　D？」

『元気？』

「いや、まあ……普通」

『私は元気じゃない』

「あ、そう」

『ぜんぶあなたのせい。あなたが悪い。私はあなたを許さない。絶対、何があっても、許さない。私、願い事をしてるの。毎日毎日お願いしてる。あなたの不幸せを願ってる。あなたは絶対に幸せになっちゃいけない人。あなたが幸せになることだけは認めない。ずっとずっとあなたの不幸せを願ってる。あなたを許さない。幸せにならないでね？　どうせ幸せになれないけど。あなたは人でなしだから。人間の屑だから。人間じゃない。ただの屑だから。私が生きている限り、あなたは不幸せでいないとだめ。私が死んでも不幸せでいなさい。一生苦しんで。死んでも苦しんで。それが私の願いなの。わかった？』

「わかった」

『わかってる？』

「わかってる」

『絶対、許さないから』

電話は切れた。僕はため息をついた。それから煙草を一本じっくりと吸って、作詞作曲を再開した。

Dといつ付き合っていたのか。Nと付き合う前か。Nと喧嘩して別れるのか別れないのか、みたいな状態のときに短期間、そういう関係だったような気もする。

高校時代の数少ない友人のうちの一人が浪人期間、札幌の予備校に通っていた。僕も同じ予備校に一年の半分、後期だけ在籍した。友人は寮住まいだった。Dは同寮で、予備校の同級生でもあった。それで僕はDと知り合った。初めは友人の友人で、複数人で何回か遊びに行った。

僕は北大に合格したが、Dはどこにも受からなかったようだ。寮を出て、北大近くのアパートで一人暮らしをしていた。偶然、行きあって連絡先を交換し、食事をすることになった。外食は好まないということで、Dのアパートに招かれた。Dの手料理を食べて、ちょっと飲んで、身の上話を聞いたらなかなか壮絶だった。

着衣のままマスクをつけてサングラスをかけ、手袋を嵌めている状態じゃないとセックスできない男と、Dは付き合っていたらしい。それでいて、淡泊なプレイに終始したわけでもなく、二人は多種多様で変態的なセックスを繰り広げた。少なくとも、僕はそう聞かされた。男はDを精神的に痛めつけるというか、言葉や態度による虐待みたいなものもあったようだ。Dが好きこのんでそれに応じていたのなら本人の自由だし、問題はない。でも、Dは男のことを好きだから受け容れていただけで、それらの行為を好んでいたわけじゃなかった。男に嫌われたくない。愛されようとして必死だったみたいだ。でも、とうとう心が壊れてしまい、自ら死のうとしたが失敗し、入院して加療した。

Dは一ヶ月以上入院していたらしいが、その間のことはほぼ覚えていないという。退院して健康を取り戻し、大学進学を目指して勉強している。その最中に僕はDと再会したわけだ。

もっとも、僕が思うに、Dは健康なんかじゃなかった。寮暮らしのときもまめに予備校に通っていたわけじゃなかったが、アパートで一人暮らしを始めてからは日によって外に出られないことがあるのだとか。Dは、以前の予備校とは別の予備校に籍を置いていて、体調がよければ授業を受ける。だめな日は家に籠もって、スーパーやコンビニにも行けない。彼女は喫煙者だが、煙草が切れると困ってしまう。吸いたくて吸いたくてしょうがなくても、どうしても煙草を買いに行けない。どうしたらいいと思う、とＤに尋ねられたから、そのときは電話して、と僕は応じた。煙草くらい、買って持ってくるよ。家近いし。すぐだから。

初めてＤのアパートで手料理をご馳走になった夜、僕はそのまま泊まってセックスした。Ｄのセックスは、何というか、すごかった。Ｄは何かよくわからないテクニックをたくさん持っていた。それらはすべて着衣のままセックスする男に仕込まれたものだった。Ｄはそれを駆使してたやすく僕を溺れさせた。Ｄに頼まれたら、僕は煙草でも何でも買って届けた。最初は数日おきだったが、すぐ毎日になって合鍵を渡された。

さすがに疲れてＤからの連絡を無視したら連続で着信があって、そのあと途絶えた。胸騒ぎがしてＤのアパートに行ってみたら、布団を敷いて眠っていた。寝てるだけかよと僕は膝から崩れ落ちたが、どうも様子がおかしい。調べると、安定剤と睡眠薬を大量摂取した形跡が見つかって、救急車を呼ぼうとも思ったが、とりあえず声をかけたり揺すったりしたところ反応があった。目を覚ましてからも朦朧としていて、水を飲ませたり風呂に入れてやったりしているうちに、厳しいなと感じた。ちょっともう付き合いきれない。

その後、僕はＤに別れを告げた。毎日電話をかけてきて呪詛の言葉を聞かされたり、靴を履かずに外を歩いている姿を見せつけられたり、まあいろいろなことがあった。でも、あるときふっつりと電話がかかってこなくなって、それっきりだった。風の噂では、どこかの誰かと付き合って、地元だか遠くだかに引っ越したとか何とか。

Dから久々に電話があった数日後、僕はDと同寮だった高校時代の友人に連絡をとってみた。友人が言うには、Dはやはり誰かと交際して、結婚する話も出ていたみたいだが、結局、別れてしまったらしい。

『あんたそうとう恨まれてるんだろうね』

「おれ、そこまで恨まれるようなことしたかな」

『あんたが恨まれてないわけでしょ。だって、あんただよ？』

「どういう意味、それ」

『わかんないの？　マジで？　うわ。終わってる。知ってたけど』

その友人は僕の高校時代の数少ない友人の一人と付き合っていた。ただ、微妙にうまくいっていない時期があって、紆余曲折あったが、僕の部屋に泊まってセックスしたりしなかったりする関係になった。

僕らは浪人生だった。今住んでいるところとは別の、当時の僕のアパートで、僕らはセンター試験の自己採点をした。正確には、自己、じゃない。僕は相手の答案の写しを採点して、相手は僕の答案の写しを採点した。相手の結果はさんざんで、僕は予備校に三日しか行かなかったわりにはまあまあの点だった。僕らの生活は、主に僕のせいでぐちゃぐちゃになっていたから、もちろん試験勉強なんてまともにしていなかった。相手はそうとう落ちこんでいた。

友人同士はそのあとすぐよりを戻した。めでたしめでたし。

二次試験の一週間前まで、僕はパイプベッドの上でドラクエばかりやっていた記憶がある。ドラクエをプレイしている間に眠ってしまう。目が覚めると、そのままドラクエする。気がつくと寝ている。起きてまたドラクエする。

目が覚めると、僕はドラクエしないで煙草を一本吸う。それからギターを抱えて作詞作曲に励む。午後五時半にはアパートを出て、地下鉄に乗ってすすきの駅で降りる。いつもの場所にギターケースや譜面立てなんかをセットしたら、近くの酒屋でバーボンと煙草を買う。バーボンじゃなくて安いワインやスパークリングワインを選ぶこともある。そして僕は歌いはじめる。

客はさまざまだ。ソープランドで働いている二十歳の女性がよく僕の隣に座った。すごく声が低くて、同じことを何度も話す子だった。その子は毎回、僕のギターケースに千円入れた。その子の妹もたまに僕の歌を聴きにきた。まだ十七歳なのに、五回だか六回だか中絶手術を経験しているという。でも、その妹は姉よりよっぽどしっかりしていて、年齢を偽ってキャバクラで働いていた。

「うちのお姉ちゃんマジやばいから。なんかあったらお願いします」

妹にそう頼まれた。そんなことを頼まれても困るが、何かの都合で姉のほうに携帯電話の番号を教えたら、始発でアパートに帰った直後に電話がかかってきた。

「え？　何？　どうしたの？　早朝だけど」

『いや、今、レイプされて』

「はい？　え？」

『なんか車乗ったら、無理やり何人かにやられて』

「車？　え？　乗った？　なんで？」

『なんか乗れって言うから乗った』

「どういうこと？」

『そしたらレイプされて』

「……そうなんだ。大変だな。ええと……え？　今、どこに？」

『家』

「ああ、家」

『送ってくれた』

「え？　やったあとにってこと？」

『うん』

「そっか。よかったね。山奥とかで捨てられなくて。よくないか」

『もう寝る?』

「ああ。まあ、うん。帰ってきたとこだから」

『おやすみ』

「おやすみ」

何だったんだ。報告? わからない。その後も、頻度は若干減ったものの、僕の歌を聴きにくるし。ギターケースに千円入れるし。ちなみに、彼氏がその筋の人で、ソープランドで働いているのは、その彼氏の指示らしい。わりとよく聞く話だが、やっぱり僕にはよくわからない。

松山千春の弟子を名乗る女性も一時期、僕の客だった。女性なんだけど服装やしゃべり方は松山千春そっくりで、物真似芸人みたいだった。弟子だというわりに、千春、千春、と呼び捨てにするのもおもしろかった。

Sと始発待ちをするのは変わらない。Sはアニメや漫画が好きだった。僕は漫画こそ読むが、アニメはあまり見ない。でも、エヴァンゲリオンはたまたま全話視聴していた。それで、僕が主人公シンジくんの台詞を声真似して披露すると、Sは大ウケして、もっかい、もっかいやって、とせがんだ。酔っ払っている僕は何回でも繰り返した。

「言ってなかったんだけど、あたし、じつは漫画描いてて」

始発まで営業している行きつけの店で、Sが打ち明けた。

「漫画っていってもプロとかじゃなくて。同人で。同人、わかる?」

「ああ、わかるわかる。同人誌を作ってるみたいなこと?」

「みたいなっていうか、それ」

「そうなんだ」

「見る? 今度」

「見る見る。見たい。見せて」

次の始発待ちで、Sはその同人誌の原稿を僕に見せてくれた。僕は面食らったが、平静を装った。Sは男性と男性が恋愛している物語を描いていた。恋愛というか、しっかりセックスしていた。ボーイズラブ、BLというジャンルがあって、Sはその愛好者だった。

SがBLの本を買いに行くので付き合って欲しいと頼まれた。僕は二つ返事で引き受けた。日曜の昼間に待ち合わせをして、アニメイトという専門店に行った。Sは棚にびっしりと並んだBL本の中から次から次へとめぼしいタイトルを選び、僕に持たせた。物の数分で二十冊ほどにもなった。

会計すると、なかなかの額だった。Sはストリートで稼いだ金の多くを趣味に費やしているという。これだといくら稼いでもあっという間に使ってしまうだろう。

その日、僕はめずらしくすすきのに出なかった。Sはそもそも日曜日はあまりストリートをやらない。

僕が飼っている猫を見たいというので、Sをアパートに招いた。Sは実家暮らしだが、猫を飼っている。僕が飼っている猫はSに懐かなかった。

僕らは買ってきた酒を飲みながらたあいない話をした。Sが眠いというので電気を消した。僕はSに指一本ふれなかった。これはやる流れかなと思わないでもなかったし、そうでもなければむしろ不自然な状況だ。でも、僕はやらなかった。

それからしばらくして、Sに彼氏ができた。Sはストリート以外にバンドを組んでライブなんかも行っていた。僕もそのバンドのライブを観にいったことがある。バンドのベースと付き合うことになったという。

「おお。そうなんだ。よかったね」

僕はぎこちない笑顔でそう返した。ぎこちないのは単に僕が上手に笑えないからで、その報告に対して何らかの否定的な感情が湧き起こったわけじゃない。僕はSとは仲がよかったから好みを知っていた。ベースの男性はSがいかにも好きそうなタイプだった。だからまったく意外じゃない。まあ、そうでしょうね。

彼氏ができてから、Sは週に一回か、多くて二回しかすすきのに出てこなくなった。出てきたら、僕と始発待ちをした。そのことについて彼氏はどう思っているのか。気にはならなかった。僕はSからのろけ話をたんまり聞かされた。

「あたし変態かもしれない」

「そうなの？」

「あのね……」

「うん」

「ちょっと、あれなんだけど、彼氏のね」

「うん」

「お尻をね」

「うん」

「攻めるっていうか。そういうのが楽しくて」

「ほお」

「自分でもびっくりしてるんだけど。なんかそういうことしたいって思うのが。すごい興奮するし。あたし、やばくない？　変態だよね？」

「まあ、いいんじゃない。変態なら変態でも、べつに。きみは楽しいんでしょ」

「楽しい」

「だったら、いいと思うよ」

雪が降ってきた。ストリートはぐんと減った。

ミスチル桜井和寿似のカツローはどこかの会社で働きだして、歌いにくるよりも飲みにくるほうが増えた。

ダダくんはストリートの他に塾講師だか家庭教師だかのバイトをして稼いでいる。手がかじかんでギター弾けないと手袋を嵌めていたが、かえって弾きづらそうだった。ストリートで稼げないと、あまりキャバれないのが悩みだそうだ。でも、寒いのはどうしても苦手らしい。

ハナさんは不定期で何か仕事をしているようだが、ほとんど家にいると彼女さんが言っていた。根雪になると、ハナさんよりも彼女さんと顔を合わせることのほうがむしろ多くなった。彼女さんはすすきので一生懸命バイトしているので、とりあえず生活に困ることはないみたいだ。

僕は毎晩出た。吹雪いても休まなかった。酒量は増えた。きつい酒を浴びるほど飲まないと、さすがにやってられない。大晦日もすすきので歌った。そのまま年を越した。

夜が深まると、少なくとも薄野交番前の通りは誰も行き交っておらず、客がいなくて暇そうなタクシーの運転手くらいしか僕の歌を聴いていない、そういう時間がある。車もほとんど走っていないから、明かりはついているのに、街は嘘みたいに静かだ。そこに僕の声だけが響き渡っている。夜更けが僕だけのものになる。

雪が解けはじめると、ストリートは増えだしたが、カツローもダダくんもハナさんもあまり出てこない。最後にYの姿を目にしたのはいつだろう。Sもとんと見かけない。

コウジさんは、真冬だろうと真夏だろうと、歌いたくなったらすすきのに現れて、気がすめばいなくなる。頻度はまちまちだ。二日続けて出てくることもあれば、一週間も十日も姿を見せないことだってある。

僕は煙草が切れたときやトイレに行きたくなったとき、一日に何回かは場所を離れる。ついでにコウジさんがいないいか確かめて、いたら必ずあとで聴きに行く。

その日はレゲエ風のファッションに身を包んだモデル体型の女性がコウジさんの隣に座っていた。友人のようで、これから仲間で飲みに行くという。

「ああ、そうなんすね」

じゃあ、と帰ろうとしたら、一緒にどう、と女性に誘われた。

「おいでよ」

コウジさんもそう言ってくれたので、せっかくだし、その飲み会とやらに参加させてもらうことにした。

僕らはまず、たぶんしゃれた感じのバー的な店に行った。僕はそういう店に初めて入ったから、たぶんこれはしゃれた感じのバー的な店なんだと思う、としか言えない。何でも、大泉洋とパフィーもこの店で飲んだことあるらしい。レゲエ風の女性がでかい空中ブランコみたいな席を指し示して、ここ、この席、と教えてくれた。

その店でレモンビールだか何だかを飲んで、五、六人が合流すると、今度は一転して居酒屋の大部屋に移動した。飲み会が始まってからも、一人、二人と、参加者は増えていった。もちろん、僕はコウジさん以外、知り合いはいない。話を聞いていると、音楽に関わっている人が多いようだ。楽器を弾いていたり、エンジニアだったり、小さなバーや、ライブができる店を経営していたり、そこで働いていたり。僕のことを知っている人もいた。あ、あそこで歌ってるやつじゃん、というふうに。

お互いの関係性は不明だが、中心はコウジさんだ。全員、コウジさんとは何らかの繋がりがあって、一人の例外もなく、コウジさんに好意を抱いている。女性はコウジさんと肉体関係があるか、ひたすら惚れている。

飲み会は異様に盛り上がった。とにかく笑い声や手を叩く音が一瞬たりとも絶えない。酒の飲み方も豪快だ。ビールだろうとチューハイだろうとウイスキーだろうと何だろうと、みんな水みたいにがぶがぶ飲む。

誰かが服を脱いで踊りだした。そうしたら次から次へと男性たちが服を脱ぎはじめた。コウジさんも加わった。ただし、全裸にはならない。決め事でもあるかのように、下半身だけ裸になる。男性たちが半裸で逆立ちしたり、でんぐり返しをしたりして、女性たちが囃したてる。

「あんたもやったら？」

レゲエ風の女性が僕の脇腹を小突いて言った。

「おれはいいっす」

即答すると、レゲエ風の女性は白けきった顔をして、はっ、と鼻を鳴らした。

「つまんねえ男」

「あぁ。つまんないっすよね」

ここで下半身裸になってさらけ出すことが一種の儀式だということは僕も悟っていた。べつに難しいことじゃない。下着と一緒にズボンを下ろし、ちんちんと肛門を見せつけて笑いをとるだけだ。たったそれだけで仲間として受け容れてもらえる。みんながこいつも仲間だと認めてくれる。恥ずかしいわけでもないが、僕は遠慮したい。というか、冗談じゃない。脱いでたまるかよ。

もしここで誰一人脱いでいなくて、盛り上げるためにおまえが脱げと言われたら、脱いでやろうという気にもなる。でも、何だこれは。みんな脱いでるからおまえも脱げって。そういうことができるやつだったら、こんなふうになってねえんだよ。わかんねえのかな。わかんねえか。わかるわけねえよな。僕のことなんか知らねえわけだし。ぜんぜんいいけど。わかって欲しくもないし。

居酒屋での宴会が終わると、コウジさんたちは焼き肉屋で始発まで飲んだ。僕は最後までいて、割り勘分の金を払って、始発で帰った。


雪がすっかり溶けたころ、いつもの場所で歌っていたら、ハナさんがふらっとやってきた。ギターも持っていない。いつものように男前だが、表情がおかしい。目の焦点が合っていないというか。

「K、聞いた?」

「え? 何?」

「ダダくんの」

「ダダくん? いや。何? そういえば、しばらく見てないけど」

「豊平川の。知らない? ニュースになってる」

「あ、おれテレビとかほぼ見てないし。なんかあったの? 豊平川?」

「深夜、酔っ払った大学生が豊平川、歩いて渡ろうとして。落ちて、流されて」

「ちょっ、は? 渡れんの? 豊平川。歩いて?」

「なんかそういうポイントがあるらしい。飛び石みたいな感じになってて」

「それで、ダダくんが、何? 大学生って」

「ダダくんなんだ。遺体で発見された」

「遺体？　死んだってこと？」

「うん。亡くなった」

「ダダくんが？」

「明日、通夜だって」

「……そうなんだ」

「俺、行ってくる」

「そっか。おれは……行かないかな。ここでしか会ったことないし。本名も知らない」

「わかった。話しといたほうがいいかなと思って。じゃあ」

僕は次の日もすすきので歌っていた。すぐ近くの路肩に一台の車が停まった。車から黒い服を着たハナさんが下りてきた。車には同じく黒い服を着た彼女さんも乗っていた。ハナさんはエリック・クラプトンのＣＤを持っていた。

「これダダくんに借りてて。ティアーズ・イン・ヘヴン入ってるやつ。返しにいったら、持っといてくださいって、親御さんがくれたんだ」

「そっか」

「形見になっちゃったな」

「ダダくん、もう来ないのか」

「来るわけないよ。死んじゃったんだ」

ハナさんもストリートをやめるんじゃないかと僕は直感的に思った。その予感は外れた。でも、ハナさんはすすきのに出てきても下を向いて歌っていたし、すぐ帰ってしまった。あの調子だと時間の問題だろう。

ダダくんが死のうと、ハナさんがストリートをやめそうだろうと、カツローが働いていようと、Sが彼氏とたまに喧嘩しながらも仲よくやっていようと、僕はたいして変わらない。ダダくんは尾崎豊をよく歌っていたが、一番好きなのは徳永英明のレイニーブルーだった。ダダくんがやたらと速いテンポの演歌調で歌うレイニーブルーは、原曲とは似ても似つかない。僕もたまにレイニーブルーを歌った。そのときだけダダくんのことを思いだして、つい笑ってしまう。まったくレイニーでもブルーでもねえし。あのレイニーブルーはマジでない。

ここで歌いはじめてからそんなに長い時間が経ったわけじゃないはずなのに、知った顔のストリート仲間がほとんどいない。けっこううまいやつもいるし、声をかけたりしてもいいけど、なんかそんな気になれないんだよな。なんでだろ。まあ、めんどくさいのか。

例外はムンちゃんだ。例外というか、ムンちゃんは前々からすすきのでジャンベというアフリカの太鼓を叩いていたから、挨拶くらいはしたことがあった。でも、しばらくの間、見かけなかった。春めいてからよく出てくるようになって、人通りがなくて暇なときに話したり、ムンちゃんのジャンベに合わせて歌ったりするようになった。

「ムンちゃんって何してんの？」

「やあ、なんもしてねえわ。こんだけしかしとらん」

「こんだけって、ジャンベ叩いて食ってるってこと？」

「食ってはねえけど」

「食ってねえのかよ」

「食わんくてもなんとかなるべさ」

「なんねえべよ。死ぬって。死んじゃうって、人間、食わなきゃ」

「そうかあ。わかんね。じゃあ、なんか食ってんかなあ？」

「いつの間にやら？」

「だって、食ってねえと死ぬんだべ？」

「死ぬ、死ぬ」

「生きてっからねえ」

「わはは」

ムンちゃんはいつもマウンテンパーカーみたいな服を着ていて毛糸の帽子を被っていた。というより毎日同じ恰好だった。顔は浅黒くて垢染みていて、口の周りにちょぼちょぼと薄い髭をこびりつかせている。ムンちゃんには専門学生とか料理人とか遊び人とかの友人が何人かいて、そのうちの一人の専門学生は家が金持ちなのか、いい車に乗っていた。僕もたまにその車に同乗して二十四時間営業のファミレスやら何やらに行った。ムンちゃんはいつもにこにこ、ほわほわしていて、ファミレスでもたいして食わない。仙人か何かみたいに、霞でも食って生きているのかもしれない。

僕は暇なときは必ず、ジャンベを股の間に挟んでぽこぽこ叩いているムンちゃんの隣に座るようになった。ムンちゃんの友だちはそんなに好きじゃなかったが、ムンちゃんといるのは気楽でいい。ムンちゃんみたいな人とは初めて出会ったから興味もあった。どこでどんなふうに生まれて、どう育ったら、こんな人間に仕上がるのか。仕上がってるわけじゃないか。でも、不思議でしょうがない。

僕は作詞作曲を続けていた。自作曲はゆうに百曲を超えている。何曲あるのか、正直なところ僕にもわからない。繰り返し歌う曲もあれば、何回か歌ってそれっきりという曲もある。後者のほうが圧倒的に多い。後者の曲は存在ごと忘れてしまう。我ながら、くそみたいな曲だと思う。くそみたい、じゃない。くそだ。僕は頭の中からくそを量産して、尻の穴からくそを垂れ流している。

ああ／この空はすぐに／きみの中に届いてゆくよ／いつの間に何してても／どっち向いていても／誰も何も言わなくなってしまった／だけど／どこに行けばいいんだろう／そんな時きみをいたずらに抱いて涙すいこんでもらったのは忘れられない、忘れない／一度でもきみが満ち足りた気分でそれを裏切ってしまったなら許してくれるとも思わない／ああ／この空はすぐに／きみの中に届いてゆくよ／今もまだ、ただこうして他の人の胸の上／誰も彼もどうでもいいんだ／だけど、誰に言えばいいんだろう／そんな時きみは頭なでてくれながらカーテンのすきまの空のことを話してくれた、話してた／その後でぼくの傷だらけの腕を握って空に重ねようとした／空に重ねようとした／空の色のブルー／腕を伝った色の赤／何も重ねらんないって笑ったはずのきみの頬ににじんだ涙

数は多くなくてもいい、いくつか、まあ、一曲でもいいから、誰が何と言おうとこれは間違いなくすばらしい、と確信を持って言えるような曲ができたら、逆に一回、立ち止まれるかもしれない。

錆びついていた／崩れそうだった／ぼろぼろのハートは／かわききってた／ひからびそうだった／ひりひり痛いくらい／何かを感じて／誰かと話して／それが苦痛なほど／微笑みを返して／誰かと愛して／全部できやしなかった／そのうち大丈夫になるさ／そのうち

きみを好きだ／好きだって／うるさいくらい／わめきちらすから／錆びたハートでも抱えてたいんだ

何かこう、手応えのようなものを感じることもある。これはもしかして名曲が誕生しちゃったんじゃないの、みたいな。

でも、どうなんだろう。何回も歌っているうちに疑念が生じてくる。いい曲だと言ってくれる人もいる。ふうん、へえ、程度だったり。褒めてくれても、見え見えのお世辞だったり。感動して泣いてくれる人がいたり。それらの反応よりも、自分自身の中で、何だろうな、たぶん本当は行きたいところがあって、そこに行きつこうとして作った曲なんだけど、行けていない、届いていない、物足りない、まったく足りていない、そんなもどかしさがある。

なかなかいい曲ができた。あれ？　ああ、これ、誰々のあの曲そっくりだ。パクってる。そういうこともあったりする。もっとはっきり、この曲いいなあ、こういうの作りたい、それで作ってみた曲が、おお、まんまじゃん、ということもある。

いつもの場所で歌っていると、たまに大勢に囲まれる。十人や二十人じゃきかない。ぜんぶで何人くらいいるのか。よくわからない。とにかく、たくさんだ。その全員が僕を見つめて、じっと息を殺して、僕の歌に耳を傾けている。そういうとき、僕はその人たちと繋がっているような感覚に襲われる。歌声のニュアンス一つで聴き手たちの感情を動かせるし、それを僕も直接的に感じとれる。そこにはたしかな一体感がある。そのとき僕は一人じゃない。一人きりじゃない。

歌い終えると拍手が溢れる。歓声が乱れ飛ぶ。ギターケースに硬貨が、千円札が、たまに五千円札、そして万札が投げ入れられる。僕は、どうも、とか何とか言って、少しだけ頭を下げる。もう誰とも繋がっていない。でも、また歌いだしたら、うまくゆけば、誰かと、場合によってはたくさんの人たちと繋がれる。そのときの僕は、僕であって僕じゃない。誰か別の人間というより、何か別のものだ。

でも、自分の曲ではできない。他の人が作った歌でしかできない。よく知られていて、もともと愛されていて、もちろん、よくできている。僕はその歌が好きだったり、そうでもなかったりする。でも、僕が作った曲よりずっとましだということだけはわかる。ましというか、優劣じゃなくて、いや、すぐれているのは間違いないけど、そういう問題じゃなくて、ものが違う。

あと百曲か二百曲作ったら、一曲くらいは違う曲ができるのか。どうなのかな。僕にはわからない。見当もつかない。

「Kくん、なんかねえ、友だちがねえ、遊ぼうっていうんだけど、Kくんも行かん？」

ムンちゃんに誘われたので、僕は何も考えずにオーケーした。僕は毎日すすきのに出ている。以前は午後六時には出勤していたものだ。最近はちょっと遅い。午後六時半とか、七時とか。七時を過ぎることもある。僕の場所はあいている。他の場所は埋まっていても、僕の場所だけはぽっかりあいている。毎晩、酒を飲みながら歌っているやつがいると、界隈の連中は知っている。ストリートは入れ替わりが激しいから、僕くらいでも古株の部類だ。ストリート同士はけっこう仲よくなったりもする。ただ、僕に声をかけてくるやつはいない。もういない。

ムンちゃんに誘われたから、その日は早々に切り上げる。僕はあまり好きじゃないムンちゃんの友だちがいい車で迎えにきて、それに乗る。車はそんなに長くは走らない。ムンちゃんは団地みたいな建物の駐車場に車を駐める。僕らは車を下りる。なんだかあちこちから音楽が流れている。団地みたいな建物に僕らは入ってゆく。四階まで階段で上がって、何号室だかのチャイムを押すと、黒いタンクトップ姿のやたらと背が高い男が出てくる。

「おお、ムンちゃん、入って入って」

黒タンクトップは僕らを室内に招き入れる。部屋の造りはいかにも古いアパートな感じだけど、いやに暗くて、お香みたいな匂いがして、音楽が流れている。ヒップホップみたいな。僕はちょっとそのへんはよくわからないから自信はないけど、まあそういうジャンルの音楽だろう。それにしてもなんでこんな暗いんだ。ピンク色とか、赤とか、青とか、紫色っぽい明かり、ライトなのか何なのか、そういうものがあちこちで灯っている。これじゃ本は読めないな。どこに何があるのかさえよくわからない。

「適当に座って」

黒タンクトップに言われて、僕らは適当に座る。その部屋には僕ら以外にも誰かいる。女の子みたいだけど、暗くてよくわからない。どこかに設置されているスピーカーから流れる音楽がうるさすぎて、近くで話さないと声が聞きとれない。

「飲んで、飲んで」

黒タンクトップが僕らにコロナビールの瓶を渡して回る。僕らは飲む。僕はあまり好きじゃないムンちゃんの友だちは謎の女の子たちと何かしゃべっている。やっぱりあいつ好きになれねえなと僕は思う。女の子としゃべるのはべつにいいんだけど。

「俺、彫り師」

黒タンクトップが懐中電灯で自分の脚を照らしてみせる。黒タンクトップはズボンを膝までめくっている。足首から膝まで、びっしりというほどじゃないけど、何かの模様が入れ墨されている。

「アーティスト、アーティスト。タトゥー」

いわゆる和彫りじゃないし、薔薇とか天使の羽とか文字とかを入れる洋彫りとも違う。

端的に言うと、くねくねした線だ。僕はアートがわからないし、これはアートだと言われたら、ああそうなんすか、と返すしかない。あなたがアーティストを自称するなら、アーティストなんでしょう。

「吸う？」

黒タンクトップのアーティストが僕の耳許で囁く。

「え？」

「あ？　吸う？　何を？」

「や、だから、吸うって何を？」

「ああ、ハーブ、ハーブ」

「ハーブ？　薬草？」

僕が尋ねると、アーティストは笑う。

「薬草、薬草」

何だかよくわからないけど、水煙草というのか、何かそういうものがいつの間にか用意されていて、みんなで順繰り順繰り、そのパイプに口をつけて煙を吸いこんでは吐きだしている。ムンちゃんも吸っているし、ムンちゃんの友だちも吸っているし、女の子たちも吸っている。もちろん、アーティストも吸っている。

「吸ってみたら？」

ムンちゃんがすすめるので、僕も吸ってみることにする。薬草といったら、ドラクエ全作プレーしている僕にとっては回復アイテムだ。あれってだけど、草をばくばく食って体力回復するって変だよな。意外とじつは、こうやって薬草を乾燥させて粉末とかにして燻してその煙を吸うみたいな使い方をしているのかもしれない。ゲーム的には薬草を使う、だけど実際は吸っている。そんなことを考えながら、ハーブだか薬草だかの煙を僕も吸ってみる。僕は喫煙者だから、しかも、クールというメンソール煙草を一日に二箱くらいは吸う、それなりにヘビーなスモーカーだし、煙は吸い慣れている。でも、ぐっと強めの煙で、ちょっと噎せてしまう。

「吸いすぎ、吸いすぎ。もったいないって。もっとゆっくり」

アーティストに指南されて、僕はふたたびパイプに口をつけ、もっとゆっくり吸いこんでみる。そろそろと吸った煙を肺全体にじわじわと行き渡らせる。そんなイメージだ。紙巻き煙草じゃなくて、葉巻を吸うときみたいな。ちょっと甘ったるいけど、それよりも草感が強い。草感というか、草だ。いくらか甘い草。それ以上でもそれ以下でもない。

「ううん。ハーブかぁ。ハーブねぇ。薬草ってこんなあれなんだな。薬草かぁ」

僕はコロナビールを飲みながら煙草を吸う。ハーブを吸えと言われれば、好きこのんで吸うようなものじゃないなと思いながら、断るほどまずくもないので一吸いする。

「なんか、具合悪くなってきた」

頭がぐらぐらする。そんなに飲んだっけ。いや、たいして飲んでない。ビールなんて水みたいなものだ。ビールをチェイサーにして、バーボンストレート。

「おっかしいな」

「初めてなんだっけ。うまく入んなかったんじゃね」

アーティストが笑っている。

「そのへんで寝てたら」

言われて、僕はそのとおりにする。ここがどこかはわからない。たぶん部屋の隅っこのほうだ。そこで横になる。しかし音がうるさい。何なんだこの音楽。音階。階段みたいな音だな。音が階段。やけに立体的だ。ぐい、ぐい、ぐーんと飛びだして迫ってくる。その飛びだし方が刻々と変化する。音階によって変わっているらしい。あとはリズムだ。リズムは出っぱったり引っこんだりする。それに合わせて、何もかもが回転する。頭の中がぐるぐる回っているようでも、僕自体がくるくる回転しているようでもある。

吐きたいなと僕は思う。吐いてしまえば少しは楽になれるんじゃないか。吐くのはわりと得意だ。口の中に手を突っこんで素早く吐ける。吐きたい。僕はたぶん誰かにそれを訴えたんだろう。知らない女の子が僕をトイレに連れていってくれる。僕は便器に覆い被さるようにして吐こうとする。吐けるはずなのに、どうしてか吐けない。女の子が僕の背中をさすってくれる。

「大丈夫?」

「大丈夫?」

「大丈夫?」

「大丈夫?」

あんた何人いるんだよ。変だな。せいぜい二人とか三人だろ。もっといるような感じがする。そんなわけないよな。

「吐けない」

「大丈夫?」

「大丈夫」

「本当に?」

「そっちこそ大丈夫なのか? 何人いる?」

「一人だって。ぜんぜん大丈夫じゃなくない?」

「大丈夫」

「こっちも大丈夫じゃないかも」

「ああ?」

「なんか、デナさんが誰からいくとかさっき言ってた」

「でなさん?」

「彫り師。デナさん」

「そうなんだ」

「うちら、やられんのかも。やっちゃうつもりで呼んだのかも。なんかやばそうな気はしたんだよな」

「なんで来たんだよ」

「そっちはどうなんだよ」

「外、出るか」

「どやって?」

「おれがさ、具合悪すぎって言って、帰りますみたいな。それでさ、あんたはおれに付き添いますすみたいな」

「ああ」

「マジ具合はよくないしね。吐けねえし。気持ちわる」

僕は女の子の肩を借りるような体勢でトイレから出る。台所で口をゆすいで水を飲んで、それからデナさんだか何だか知らない彫り師だかアーティストだかに事情を説明する。

「ほんとやばそうなんで。このままここにいても迷惑かけちゃうと思うんで。それでおれ帰るんで」

「うち、あの、付き添い。ね。なんか、家があれ、近いから。近いんだって。聞いたら。

なんか。心配だから」

デナさんは、寝ていったらいいよとか何とか言う。それがどうも親切にしている感じとは違う気がする。言い方がねちっこいし、目つきもおかしい。

「おえぇ。おえっ。うぇっ。ああだめだ。無理だ。きもっ。こわっ。おぇっ。ああ、帰る。帰るわ。帰る。じゃ、ばいばい」

僕はむしろ女の子を引きずるようにして部屋を出る。女の子はあと一人か二人いたような。彼女たちは大丈夫なんだろうか。やられちゃうのかも。そんなことを僕はちらっと考える。まあ、ちらっとだ。この集合住宅は外廊下で外階段だから、部屋から出ると外の空気が吸える。おかげで少し気分がよくなったものの、具合はやっぱり悪くて、吐き気はそうでもないけど、目が回って頭が痛い。僕は結局、女の子に肩を貸してもらって階段を下りなきゃならない。

駐車場に辿りついて、ムンちゃんの友だちの車が目に入る。僕のギターがあの車に積まれたままだと思いだす。

「あぁ、ギター。ま、いいや」

僕は女の子に連れられて駐車場から出ようとする。そのとき後ろから声をかけられる。

「Kくん、Kくん」

「あれ、ムンちゃん。どうしたの。ムンちゃん」

「車で送るよ」

「ムンちゃん車あったっけ」

「ないけど。友だちの車の鍵、持ってきた」

「勝手に？」

「勝手に持ってきた」

「わはは」

　ムンちゃんが運転席に乗ってエンジンをかける。僕と女の子は後部座席に乗りこむ。

「え？　飲んでなかった？」

　女の子がムンちゃんに訊く。ムンちゃんはもう車を発進させている。

「飲んでない、飲んでない。ほとんど飲んでないし」

「でもハッパは吸ってたしょ」

「俺いっつも吸ってっから。平気。平気。運転くらい」

　なんか尋常じゃない話してるっぽいなと思いながらも、僕は目をつぶって最低限の呼吸ですませようとする。そうしていないと、失せかけていた吐き気がぶり返しそうで怖い。

「ええっと、何だっけ、何ちゃんだっけ、家どこ？　送るよ」

「名前、教えなかったっけ」

「聞いたっけ。はは。ごめん。忘れた」

「ひっどい。Pだって。家はね、西区。琴似のねえ」

「琴似か。あっちのほうか。おっけ。えっと、どっちから行けばいいんだべ」

「ちょっと大丈夫?」

「大丈夫だよ。大丈夫。大丈夫。なぁ、Kくん、俺、大丈夫だよなぁ?」

「うん」

僕は目をつぶったまま うなずいてみせる。だいぶ落ちついたころ、ムンちゃんが車を停める。Pは車から降りる前に僕に抱きつく。

「やぁ、マジやばかった。やられるとこだったわ。したっけ。気ぃつけて」

Pを下ろして、ムンちゃんはまた車を走らせる。ムンちゃんは黙って運転を続ける。やがて鼻歌を歌いだす。何の曲かはわからない。ムンちゃんはハンドルを叩いてリズムをとりながら鼻歌を歌う。ラジオもCDのたぐいもかかっていないことに、遅まきながら僕は気づく。

「ムンちゃん」

「うん」

「どこ向かってんの」

「わからん」

「そっか」

「俺もうわからんのよ」

「そうなんだ」

「なんでこうなったんだべ」

「さあ」

僕は相変わらず目をつぶっている。いつの間にか僕は眠っている。

目が覚めると、車は動いていない。どこかで停まっていて、エンジンはかかっている。

ムンちゃんが携帯電話で誰かと話している。

「うん……うん……いや……ああ……いや……違うって、だから……うん……でもさ……いや、だから……はぁ……ああ……もう、だから……うん……ちょっ、違うって……そんなこと言ってねえべや……なんでそういう感じなのよ……ぜんぜん……そういう話じゃなかったべよ……どういう……ああ……いや、もういいわ。もういい。もういいって。マジやめてくれって。無理だから、もう」

ムンちゃんが電話を切る。ため息をつく。どうしたの。僕は訊こうとしてやめる。

「ううん……」

今、目が覚めたふりをする。

「あれ？　ムンちゃん？　どこ、ここ？」

「Kくん、起きた？　南区の……どこかな。定山渓？」

「ああ……そうなんだ。定山渓？　反対方向だな」

「Kくんの家？　どこだっけ」

「いいよ。どこでも。定山渓か。なんかさ。カレー出すとこない？　インドカレー」

「そんなのあるの？」

「何だっけな。豊平峡温泉だったたっけ。カレー食えるんだよ。わりと本格的なやつ。一回、行ったたな」

「へえ。温泉入って、カレー食うの？」

「カレー食ってから温泉でもいいけど」

「それもいいなあ」

「でもまだ暗いし、やってないか」

「深夜だからねえ」

ムンちゃんは車を発進させようとして、やめる。

「最初は俺一人でやってんだよねえ」

「何を？」

「ハーブ」

「あぁ。あれって、何？　薬草とか言われたけど」

「まあ、大麻かなあ。マリファナかね。同じか」

「そうだったんだ。おれまったく知らなくて、疑いもしなかったよ」

「山でとれるんよ。俺が育ったとこではいくらでも。それで自分でやってたんよ。てか、やってる人、身近にいたから真似してね。そんで、なんかまあ、いろいろあって、札幌出てきてね。俺は一人でやってたけど、友だちできて、欲しがるやつには分けてみたいなね。友だちだし、いっか、みたいなね」

「友だちかぁ」

「だんだん、ただはいかんよ、みたいに言う人が出てきてさ。ただだと、たかられるばっかりだから、ちょっとは金とったほうがいいよみたいな」

「ふうん」

「金は俺もないよりはあったほうがいいし、もらうぶんには困らんし、ええかと思ってたんだけどさ」

「まあねぇ」

「こんだけ金払うから、これくらい用意できんかみたいなこと言われるようになってさ。デナさんとかもそうなんだけどね」

「あいつもかぁ」

「なんかようわからんくなってきてさ。いっぱい女の子呼んで、ハッパ吸って、いい気分になって、みんなでやってさ。俺、何してんとか思ってさ。でも、そのハッパ俺が売ってるわけだし、文句言うのも違うべさ」

「違うのかねぇ」

「俺もわけわからんくなってる女の子とやったりしてるしさ」

「ううん」

「ごめんね、Ｋくん。なんで俺、今回、Ｋくん連れてったんかな。巻きこんじゃったようなもんだべよ」

「いや、いいよ、べつに。おれのことは」

「よくねえべさ」

「いいって。ムンちゃん。気にすんなって。殺されたわけじゃねえし。こんなの、たいしたことじゃねえよ」

「俺、もうやめてえよ。売りたくねえ。疲れたわ。なんも楽しくねえ」

「やめたらいいべや」

「やめられっかなあ」

「やめたいなら、やめろよ」

「そうだよなあ」

「やめちまえよ。デナさんだか何だか知らねえけど、あんなのくそだぞ。ちなみにムンちゃんの友だち、くそばっかりだよ。おれもなかなかだけど」

「この車、友だちのだけど」

「ああ、そうだった」

「俺、あいつにも売ってんだよ。そんで、あいつは専門学校の連中とかに売ってる。俺はたぶん、だいぶ安くしてっけど、あいつはいくらで売ってんだべ」

「そんならいいだろ。車くらい」

「いいか」

「いいよ。どうせ親に買ってもらったんだろうし。てか、親のでしょ」

「俺、帰ろうかな。山に帰りてえわ」

「帰れ、帰れ」

「今から帰っていいかな」

「おう。いいよ。ぜんぜん。帰っちゃえ」

「帰るかあ」

車が走りだす。帰るって、ムンちゃんはどこに帰るんだろうな。まあどこだっていいか。

僕はなんとなく運転席と助手席の間から前に出て助手席に腰を埋める。ムンちゃんは隣に座った僕を見て、ハンドルを叩きながら笑う。

「えへへ」

「わはは」

僕も笑って負けじとダッシュボードを叩く。ここがどこで、これからどこへ行くのかなんて、すぐ気にならなくなる。車は進んでいる。車に乗っている僕たちも移動している。僕らは今ここにいても、次の瞬間ここにはいない。ここはどこなのか。どこだろうと関係ない。ここはもうここじゃない。

両手が痛くなってもダッシュボードを叩きまくりながら、思いだす。僕は生まれ育った家が嫌いだった。父親の生業は個人経営の工場みたいなもので、個人というか家族も一体だったから、母親もそこで働いていたし、繁忙期は僕や妹も手伝わされた。その仕事がいやでいやでしょうがなかった。家にいる間中、騒音、振動、埃、油から逃れられない。僕は幼いころから家族を含めた誰とも話が合わなくて、学校も嫌いだった。教室が嫌いで、廊下も、プレイルームも、体育館も、トイレも、グラウンドも、玄関も、どこもかしこも好きになれなかった。僕は一人で本ばかり読んでいた。でも、金がないから買えやしない。だいたい、歩いて辿りつける範囲にはちゃんとした書店がなかった。学校の図書室や地域の図書館で借りるしかない。僕が読みたいような本はすぐになくなった。父親の友だちの妹が大量の漫画本を持っていて、とても保管しきれないとかで、あるとき何百冊も一気にくれた。少年漫画は少なかった。少女漫画、青年漫画、レディースコミックまで、僕はぜんぶ読んだ。早く実家から出たくてしょうがなかった。生まれ育った町から離れたい。そこには僕が欲するものが何もなかった。何より、居場所がなかった。

たとえば遠くから僕が帰ってきて久しぶりにふれあうとしたら／いつもよりも長く口づけしたりするね／口移しで伝わってくるいろいろなものはだけど／伝わってくるだけで僕のものにはならない／苛立ちと焦りの中で手に入れたいという気持ち／間違ってるのか／繰り返しても／溶け合ったかたまりみたいにもっと重なりたいのに／形は定まりすぎてて／いらない／いらない／いらない／ひとりきりの僕は何か足りないよ／ひとりきりでは不完全体で／だから僕は心を溶かして／まざりあいたい

ああくだらない。気色悪いくそみたいな詞だ。くそだ。なんで僕はくそしか書けないんだ。何を書こうとしてもくそになってしまう。何を書いてもくそにしかならない。僕がくそだからかな。


「なんか山の中っぽいね、ムンちゃん」

「もうここ中山峠だよ」

「あ、中山峠か。あげいものとこか」

「そうそう」

「食いたいな、あげいも。久々に。いつだっけな最後に食ったの」

「店やってないよ、Kくん。夜だもん。やってないって。あはは」

「そっか。わはは。やってないか。やってないよなあ。あげいも、食えないかあ」

「食えないねぇ。あはは」

「ま、いっか。わはは」

道はぐねぐねと曲がりながら登ってゆく。たまに対向車とすれ違う。夜遅いというか、そのうち夜も明けるだろうに、車通りが途絶えることはないみたいだ。でも、こっちに来る車はあっても、あっちへ向かう車はどうなんだろう。追い越されたりはしていないような。僕はルームミラーに目をやる。後続車のヘッドライトが映っている。ちょっと眩しい。けっこう近いな。かなり近いかも。後ろの車はムンちゃんが運転する車にわりとぴったりくっついている。どこかでピリピリピリピリ鳴っている。僕は首をひねる。

「何の音だろ」

「あっ。俺の携帯だ。どうしよ。いっか。あはは」

「わはは」

しばらくするとピリピリ音は消える。でもまたピリピリピリピリ鳴りはじめる。そのうち消える。また鳴りだす。繰り返しているうちに、ムンちゃんの車は峠の茶屋という名のドライブインを通りすぎる。あそこであげいも食ったの、いつだっけ。考えてもわからない。食べたことはあるはずなのに、どうしても思いだせない。ピリピリピリピリ音が鳴りつづけている。後続車はぴったりとくっついている。

「ああ、うっせえな、もう」

ムンちゃんが右手でハンドルを握ったまま、左手で携帯電話を持って電話に出る。

「はい、もしもし……ええ？　嘘。え？　いるって……後ろ？　え？」

ムンちゃんがルームミラーを一瞥する。それから後ろを見る。

「どうしたの？」

僕が訊いてもムンちゃんは一瞬、こっちを見ただけで、前を向いて電話の相手と話しつづける。

「……うん……うん……やっ……だから……そうだけど……べつに、だけど……関係ないべよ、だって……や、わかるけど……そんなの……ううん……や、わかんねえし……それはさ、でも……いや、だめ、無理だって……それは無理だから……もう無理だからさ」

ムンちゃんは電話を切って携帯電話をポケットにしまう。ムンちゃんの上体がハンドルのほうに倒れこむ。

「やべぇ……やばい……やばいな……まいったな……ごめん、Ｋくん」

「ごめんって何が？」

「場所言っちゃったんだよな。このへんにいるって。訊かれたから言っちゃったんだよね。言わなきゃよかったんだけど」

「誰に訊かれて言っちゃったって？」

「デナさん。電話きてさ。話して。もう売れないって言ったんだよね」

「おれが寝てたとき?」

「かな。そしたらなんか追っかけてきたみたいで」

「追っかけて?　もしかして」

僕は振り返る。この車もけっこう大きい。ただ、後ろの車も小さくはない。たぶん同じくらいだ。セダンじゃない。タイヤが大きくて車高が高い、頑丈そうな車だ。

「え?　あれデナさんの車?　追われてるってこと?」

「デナさんっていうか、デナさんの友だちだと思うけど。友だちっていうか仲間っていうか。デナさんの車ではないと思う。わかんねえけど」

「で?　え?　何だって?」

「止まれって。車、停めろって」

「ここで?　山ん中だよ」

「やあ、だから俺も断ったけど」

「だよねえ。こんなとこで車停めてもね」

「これ、だけど、あれだから、俺の車じゃないから、窃盗になるとか言われて」

「ああ……」

「警察呼んでもいいんだぞとか言われたんだけど」

「いやいやいや、ハッパやってんでしょ。ハッパってマリファナでしょ。ようするにあの、何だろ、ドラッグでしょ」

「マリファナは使っても罪になんないのよ」

「ええ、たしか、持ってんのはだめなんじゃなかった？」

「やべぇ。俺、今、持ってる。てか、たいてい持ってる。売ってるし」

「だめだあ。ムンちゃん捕まっちゃう」

「まあでも最悪、俺は捕まっても、Ｋくんが大丈夫なら」

「いやいやいや――」

どん、と大きな音がして体が前のほうに動く。シートベルトが胸にぐっと食いこんで息が詰まる。

「ああ！　ああ！」

ムンちゃんが叫ぶ。また、どん、と音がする。また体が前方に振られてシートベルトが食いこむ。どん、どん、と同じことが繰り返される。

「おおお！　わああ！」

追突だ。追突されている。後ろの車がこの車にがんがんぶつかってくる。

「何これ何これ何これ」

僕はわめく。

「ひいいいいい！　やあああああ！」

ムンちゃんは暴れるハンドルを両手で必死に押さえている。車は後ろから突かれて前へ前へ、ぐぐっ、ぐぐっと動くだけじゃない。左右にもぶれる。それをムンちゃんが懸命のハンドル操作でなんとか直進させようとしている。直進じゃないか。道自体がまっすぐじゃない。とにかく、今のところはムンちゃんが道に沿って車を進ませている。でも、だんだんと路肩のほうに寄っていて、ガードレールの向こうはどうなっているのか、暗くてよく見えないし、わからない。

「やばいやばいやばい、落ちる落ちる落ちる落ちる！」

「ムムムンちゃん、落ちるの？　落ちちゃうのかよ、落ちちゃう感じ？」

「わかんね、わかんないけど、下りだし、どうだ、落ちないか」

「じゃ大丈夫か」

「大丈夫ない、大丈夫ないって」

「大丈夫ないって何」

「大丈夫じゃない、だめだこれ、ととと止まるしか」

「いやムンちゃん止まったらまずいって、このまま行こ、このまま」

「そっか、そうだよな、やばいか、もっとやばいかな」

「やばいって、もっとやばいって」

「あああでも無理、無理だって、無理、ああ、無理、謝ったら許してくれると思うし」

「なんで謝らなきゃならねえんだよ」

「ごめん、Ｋくん、ごめん！」

ムンちゃんがブレーキを踏む。次の瞬間、ものすごい衝撃に襲われる。首がごきっといって、瞬間、意識が飛ぶ。少なくとも飛んだように感じる。

車は停まっている。運転席側のウインドーを外から誰かが叩いている。

「ああ……」

ムンちゃんがドアを開けようとしている。開けるな、と僕は思う。でも、ムンちゃんはドアを開けてしまう。

「何やってんだ！」

誰かが怒鳴る。それは僕の台詞だ。

「ごめん……ごめんって……」

弱々しい声で謝るムンちゃんを誰かが運転席から引っぱり出そうとしている。僕はシートベルトを外す。ドアを開ける。

「おい！」

誰かに呼び止められる。かまわず僕は助手席から転げ出る。頭もげてるんじゃないかなと僕は疑う。首で頭を支えている感覚がない。僕は車のボンネット伝いに対向車線のほうへと向かう。

「こら！　てめえ、逃げんな！」

僕に言ってるのかな。そうなんだろうな。うるせえんだよ。黙れ。

対向車が走ってくる。僕は迷わず対向車線を横切る。対向車は急ブレーキを踏んでクラクションを鳴らす。

「危ねっ……」

誰かがそんなことを言う。僕は対向車にぶつからずにすむ。ぎりぎりだったかもしれないけど、それがどうした。

「おい、こら！」

誰かが追いかけてくる。僕はガードレールを乗り越える。

その向こうがどうなっているのか、僕は知らない。まさかすぐ急な斜面だとは思っていない。じつはそのまさかで、急な斜面だ。

「あぁ……」

僕は転げ落ちてゆく。本当にぐるんぐるん転がっている。途中で木だの何だのにぶつかっても止まらない。中学校のとき、僕はよく階段を転げ落ちていた。階段めがけて跳び上がって、ごろごろ転がって下まで落ちたりもしていた。なんであんなことをしてたんだろう。変なやつだと思われていたはずだけど、他人の反応はまったく記憶にない。高校生のときは廊下や体育館でバク宙やバク転しまくっていた。何回連続で回れるか、勝手に挑戦していた。あげく高校の文化祭で友だちが出し物をして、その景気づけでバク宙してくれと言うのでやってやったら、見事に大怪我をした。着地した瞬間、何かが切れたことはわかった。友だちが出し物を続ける中、僕は右脚だけでけんけんして保健室に行った。養護教諭に診てもらったら、きっとこれ靭帯だわ、と言われた。そのとおりだった。全校生徒の前で、僕は左膝前十字靭帯を断裂した。おかげで僕の母校の学校祭ではバク宙禁止というルールができた。そんなわけで、僕は常人よりも飛んだり跳ねたり転がったり落ちたりしている。その経験が役に立ったのかどうか。

僕はもう転がっていない。落ちていない。平らじゃないと思うけど、そう傾いてはいない、山の中、森の中で、うつ伏せとも仰向けとも言えない体勢で寝ている。痛い、のかもしれない。たぶん、痛い。どこが痛いのかはわからない。何にしても、無傷なわけがない。体を動かすことは、おそらくできる。でも、動かそうという気にはなれない。とうていなれない。

「おーい」

どこか上のほうから声がした。けっこう距離があるようだ。僕はじっとしていた。

「死んだんじゃね」

誰かがそう言って笑った。それきり声は聞こえなくなった。

ときどき車の音が聞こえる。

僕はそろそろ起き上がろうかなと思う。なんだかめんどくさいなと考え直す。起き上がれるのか、という問題もある。

山の中か。中山峠。どのあたりなんだろう。熊とかいるのかな。いるか。ヒグマはいるだろう。僕は何度か野生のヒグマを見たことがある。一度は川で、もう一度は山だった。道路まで上がれば、なんとかなるか。どれくらい落ちたのか。上がれるかな。起き上がることもできないのに。

本当に起き上がれないのか。どうなんだろう。試してみることにした。やってみたら、身を起こし、たまたま近くにあった木に背を預けて座ることはできた。とくに頭をこうやって何かで支えていないと、難しい感じがする。何が難しいのか。そんな難しいこと、訊かれても答えられない。

僕はポケットから煙草とライターを出した。箱から一本抜いて、口にくわえる。ライターで火をつけた。メンソールの香りがついた煙をゆっくりと吸いこむ。少し気が遠くなる。煙を細く吐きだす。

「一生歌うのは、無理かな」

せっかく火をつけた煙草をもう一吸いする気力もない。

「あぁ、でも……」

僕は何か忘れている。思いだすために、どうにかこうにか煙草を吸う。咳が出る。洟を啜る。何かを忘れている。

「猫か……」

僕は煙草を指に挟んだまま、立ち上がろうとする。あちこち痛くて、立つのはまだ厳しい。首の具合がとりわけよくない。僕はいったん座り直す。

「餌、やらないと。死ぬしな、猫……」

少し休もう。

そのうち立ち上がれる。

部屋に戻って、猫に餌をやろう。

あとのことはそれからでいい。

愛はたまらなく恋しい

いちおは一男と書く。

かずおと読んでもよさそうなものだが、いちおの場合は一男と書いて、いちおだ。

小学校に上がって漢字を習うようになってから、たまにいちおをからかう者が現れた。

「いちおってなんかヘンじゃない？」

「いちおう、いちおだから、いちおなの？」

「いちいちいちおだから、いちおなんだよな」

たまにというか、しばしばからかわれた。いろいろな同級生に、それはもうさまざまなことを言われたし、誰かがいちおのテーマソングのようなものまで作詞作曲した。

「いちお、いちいち、いちおういちお」

このテーマソングは学級で大流行した。いちおは母親に、なんでまたいちおなんて名前をつけたのか訊いてみた。「あんたが一人目に生まれた男の子だから」というのが母親の答えだった。

「言っとっけど、あんたの名前考えたの、あたしじゃねえから」

「じゃ、誰」

「そうなんだ」

いちおは父親に会ったことがない。あるのかもしれないが覚えていない。

そんないちおにも一人だけ友だちがいた。しおんの家はいちおと母親が住むアパートの近くに建っている一軒家だ。いつどんなふうに友だちになったのか、いちおは思いだせない。気がついたらよく一緒に遊んでいた。

「これは、マルマリ」

「ダンゴムシじゃなくて？」

「マルマリ」

しおんはいちおを従えてそのへんをぶらつき、何か目につく物があると名を与えた。

「これはクロウジャウジャ」

「アリじゃなくて」

「クロウジャウジャ。あれはハネヒラヒラ。白いからシロバネヒラヒラ」

「黄色いのは？」

「キバネヒラヒラ」

「この黄色いタンポポは？」

「いちお、知らないの？　有名だよ。キイロハナバナナ」

「見て、そこでミミズが」

「あれはドウロカラカラ」

「ミミズの死骸じゃなくて、ドウロカラカラ」

「ドウロカラカラは干からびてるけど、死んでるわけじゃないんだよ。いちおは何も知らないんだから」

しおんは小学校で体育の授業がある日、スカートではなくてズボンを穿かなければならないと、すこぶる機嫌が悪かった。走るとたいていの男子より速かったが、長い髪とスカートを翻らせて走るのをことのほか好んでいた。

しおんがみんなの前でいちおを無視するようになったのは、同級生たちが例のテーマソングを合唱しはじめるようになってからだった。三年生くらいからは、あからさまに目も合わせなくなった。

でも、学校が終わったあと、いちおがアパートの外で人待ち顔にしていないと、しおんは気に入らないようだった。

「いちお、わたしと遊びたくないわけ」

「そんなことはないけど」

「けど？　言い訳なんか聞きたくない。いちおのくせに。生意気」

「ごめんなさい」

いちおが綿毛を飛ばし終えて萎びたキイロハナバナみたいにうつむいて謝ると、しおんは途端に顔をほころばせた。

「素直に謝るなら、許してあげる」

四年生になったしおんは、同級のひたちという少年に恋心を抱いた。

いちおはしおんの命令でひたちの情報収集に精を出した。こそこそとひたちのあとをつけて監視し、しおんがくれたノートに逐一メモをとっていると、誰もがいちおを気味悪がった。

「ぼくに何か用?」

ひたちには学校の帰り道にそう訊かれた。いちおは首を横に振った。

「ぼくのうちに遊びにくる?」

いちおは黙ってひたちに背を向け、早足でその場を離れた。

この頃からいちおは害虫呼ばわりされるようになった。近寄ると臭いとそしられ、誰かがいちお菌と言いだすと、その呼び名があっという間に定着した。

ある日、ひたちは朝から具合が悪そうだった。いつもすっと背筋をのばしているひたちが、ふだんと違ってうつむきがちで、ときおり腹をさすっていた。そのことにいちおは気がついていた。

その日最後の授業がもうすぐ終わりそうな段になって、教室に異臭が漂いだした。なんか臭くない、と小声で何人もが言った。ひたちは下を向いて、汗びっしょりになっていた。

いちおは一計を案じて下腹あたりに力をこめた。放屁しようとしたのだが、力みすぎたせいで別のものまでいくらか出てしまった。教室が騒然となった。いちおは挙手して、便所に行く許可を担任に求めた。

「早く。早く行ってきなさい。そういうときは、もっと早く先生に言わないとだめじゃないか。手遅れになる前に、早く言わないと。何を考えてるんだ」

「ごめんなさい」

同級生たちは、臭い臭いと騒ぎ立て、いちおを指さして、うんこもらし、と罵る者もいた。この一件でいちおの異名がまた増えた。いちおは汚くて臭いものの代表的な存在となった。

しおんは人前では徹底していちおを無視し続けた。ふたりきりのときは、たまにいちおの首筋や耳許に鼻を寄せて匂いを嗅いだ。

「いちおはわたしのためにちゃんと体を洗っているから、臭くはないのにね」

しおんはいちおにそう囁いて、薄らと笑った。

五年生の途中に、しおんは加茂《かも》くんという少年と交換日記を始めた。加茂くんはゆくゆくは芸能人になるだろうと見込まれているほどの美少年だったし、露見したら大騒動になりかねない。そこで、この交換日記は極秘裏に行われた。

けれどもしおんは、加茂くんとの交換日記をいちおにだけは読ませた。その日記を読むたびに、いちおは大量の針をのみこんで胸を何度も殴りつけているかのような痛みを覚えた。それでもどうしてか読むのをやめられなかった。

並んで橋を渡るしおんと加茂くんを遠くから見守ったあと、いちおはその橋の下で一匹の子猫と出会った。子猫を抱いて暗くなるまで母猫を探したが、とうとう見つからなかった。仕方なく子猫をアパートに連れて帰ると、出勤前の母親にこっぴどく叱られた。かまわずアパートで三日間、子猫を世話した。いくら手をかけても子猫は衰弱する一方で、母親にはさっさと捨ててこいと再三言われた。

「あたしアレルギーなんだよね。猫アレルギー。知らねえのかよバカ。てか、このアパートで猫とか飼えねえから。どうすんだよばれたら。追い出されんぞ。責任とれんのかよ、おまえ。まじふざけんな」

「でも捨てたりしたら、この子すぐに死んじゃう」

「どうせ死ぬだろ。ほっときゃ勝手にくたばってたのによ。それをおまえがわざわざ拾ってきたんじゃねえか。頭おかしいんじゃねえのか。マジでほんと知らねえからな。自分でなんとかしろよ」

渋るいちおに、母親は殴る蹴るの暴行を加えた。いちおは暴力に慣れていたものの、母親の拳や足が子猫に当たったら一巻の終わりだなので、懸命に庇った。

やむをえない。いちおは子猫を抱えてアパートを出た。拾った橋の下に置き捨てようとしたのだが、子猫のか細い鳴き声に何回も呼び止められた。子猫はいちおを追いかけてはこなかった。もはや歩く力は残っていないようだった。

いちおは子猫を抱いて橋の下で夜を明かした。明け方に子猫の心臓が脈打たなくなった。いちおは素手で川原に穴を掘って、子猫をそこに埋めた。

何日かして、出勤前の母親に訊かれた。

「おまえそういえばあの猫どうした」

「捨ててきた」

「うっわ。ひっどっ。捨てるなら最初から拾ってくるんじゃねえよ。最低だな、おまえ。人間のやることじゃねえわ。どうかしてんじゃねえの。怖えよ」

学校が休みの日の夕方、しおんと加茂くんは公園の遊具の下で口づけを交わした。いちおは遠くからその様子を盗み見ていた。

あとでしおんにそのことを聞かされた。

「わたし、加茂くんとキスをしたの」

いちおが驚くふりをすると、しおんは満足そうだった。

「でも唇と唇を合わせるだけならたいしたことないんだってわかった。本当のキスを知ってる？」

「知らない」

「本当のキスは舌と舌を絡め合うの」

「しおんは加茂くんとそれをしたいの？」

「今度試してみるつもり」

もっとも、しおんと加茂くんの関係はそれ以上深まらなかった。

しおんの家が父親の不貞問題で大揺れに揺れたからだ。離婚するしないの話に発展して、しおんはそれで大いに心をかき乱された。思い余って加茂くんに相談したが、しおんが納得するような、あるいはしおんの気が紛れるような返答はなかった。

あげく、そのすぐあとに学校で、しおんのパパが浮気した、という噂が流れた。加茂くんが誰かに話したに違いない。真偽はともかくとして、しおんはそう思いこんだ。

「加茂くんとはもう無理。信じられない」

「交換日記をやめるの？」

「あたりまえじゃない。交換日記なんて。顔も見たくない」

しおんは本人曰く人間不信に陥り、学校ではあまり人と口を利かなかった。連日早く下校して、いちおに愚痴をぶつけた。

しおんの父親はほとんど愛人宅にいた。母親も家を空けがちだった。いちおは初めてしおんの家に招かれた。

いちおはいつも床に座らされた。しおんの部屋には赤いカーペットが敷かれていた。その上でいちおは正座した。

しおんはベッドに座ったり、キャスター付きの椅子に腰掛けたりした。座って片膝を抱えると、スカートがめくれて腿が見えた。

「何見てるの」

しおんはいちおの視線に気がつくと咎めたが、スカートを直そうとはしなかった。ときどき少し暑いと言って、しおんは上着を脱いだ。

「わたし、胸が大きくなってきたでしょう。見たい？　わたしの胸。いちおには絶対、見せないけど」

中学に上がる頃までには、しおんの家庭の問題は一応の決着がついていた。父親が愛人と別れて家に帰ってくるようになり、離婚は沙汰止みになった。しかし喧嘩は絶えず、しおんは両親への不平不満を事細かくいちおにぶちまけた。

ちょうどこの時期、いちおの母親が店の客だった暴力団員の來嶋《きじま》と付き合いはじめた。二人は程なく、お互いに覚醒剤を打った状態での性行為にのめりこむようになった。

「いちお、さばけるんだったらクスリ流してやるぞ」

やたらと歯が汚い暴力団員の來嶋は、しばしばいちおに商売の話を持ちかけた。

「やめてよ、あんた。このガキまだ中坊だよ」

母親はそう言いながらも、へらへら笑っていた。

「俺は小六から稼いでたぜ」

「このガキには無理だって。頭悪いし。度胸も根性もないカスなんだから。あんたとは違うよ」

しおんは学校祭の日に同級生の朝田《あさだ》くんに告白されて交際しはじめた。ところが、子供っぽいという理由でしおんはすぐに朝田くんを振ってしまった。

「朝田くん、二人きりになってもキスさえしようとしないの。それじゃいちおと変わらないじゃない。なんだかわたし、さめちゃった」

しおんは何人もの同級生や上級生に告白され、断ったり付き合って別れたりした。いちおはそれらすべての交際のあらましを把握していた。できるだけ尾行して知ろうとしたし、そうでなくともしおんが逐一いちおに話して聞かせた。

いちおが見知った事実としおんの語る内容が異なることもあった。その場合、いちおはしおんの言葉を真実として採用することにした。

「ねえいちお。買ってきて欲しいものがあるの。わたしが頼んでるんだから、買ってきてくれるでしょう?」

中三の夏休みだった。しおんに言いつけられた買い物は避妊具だった。金がないとは言えないので、いちおは万引きをすることにした。

いちおがドラッグストアで調達してきたコンドームを着用したのは、しおんの親が雇った宇佐美《うさみ》という大学生の家庭教師だった。夏休みの間に、しおんと宇佐美は十七個のコンドームを使用した。全部いちおが万引きしたものだった。しおんは「もう全然痛くない」と喜んでいた。

「こうやってあそこを舐めると宇佐美さんはとても気持ちいいって声を出すの」

しおんはいちおの前で口や手を動かしてみせた。

「飲んでってかわいい顔して頼むもんだから、飲んであげた。おいしくはないけど、そんなに嫌でもないの。不思議」

いちおはマスターベーションして掌に出した自分の精液を口に含んでみたが、気持ち悪くて吐きだしてしまった。

中学校の卒業式に、しおんは五人の男子からネクタイを渡された。卒業式が終わって帰宅したいちおに、來嶋が売り物の覚醒剤を隠すように言いつけた。いちおは橋の下の子猫を埋めた場所のそばに覚醒剤を埋めた。おかげで警察の家宅捜索を切り抜けることに成功したものの、來嶋は逮捕された。

いちおは地域で底辺高と見なされている高校に入学し、しおんは私立進学校の入学試験を受けて合格した。いちおは級友たちに強いられて万引きの腕前を披露した。級友たちはいたく感心した。しおんは容姿のすぐれた上級生に目を付けられて告白され、交際しはじめた。

いちおは極力しおんと顔を合わせないように心がけた。稀に道ですれ違うと、目礼ともとれるようにうつむいた。しおんはすれ違ってしばらくしてから、小声で呟いた。

「馬鹿」

しおんは高校一年の間に六人と付き合ってその全員と性交渉を持ち、ヤリマンと陰口を叩かれたが、意に介さなかった。というよりも、かつて家庭教師だった宇佐美に付きまとわれており、それどころではなかった。

冬の終わりの真夜中にいちおのアパートの部屋の扉を叩く者があった。母親はどこにいるとも知れなかった。いちおは目が覚めて扉を開けた。しおんだった。ありとあらゆる種類の塵《ごみ》が散乱し、悪臭芬々たるアパートの室内にしおんを招き入れるわけにはいかなかった。いちおは万引きして手に入れたダウンジャケットを着て外に出た。二人で夜道を歩いた。

「わたし、ストーカーの被害に遭ってるの」

「そうなんだ」

「そのうち襲われるかもしれない。どうにかしてくれない?」

「ストーカーをやめさせればいいんだね」

「あんな人、死んでしまえばいいのに」

いちおはしおんのあとをつけている宇佐美をひっ捕まえて路地に引きずり込んだ。いちおはナイフを用意していた。そのナイフを自分の掌に突き刺してみせ、宇佐美に脅しをかけた。

「しおんのことは忘れろ。今、忘れろ。ここで、すぐに忘れろ。さもないと次はおまえを刺す。おれは平気だから。わかったか」

宇佐美はがたがたと震えてうなずいた。それ以来、しおんもいちおも二度と宇佐美の姿を見ることはなかった。

高二になってすぐ、いちおは車上荒らしに関わっていた件で逮捕され、実刑とはならなかったが、退学処分を受けた。しおんはときおり夜更けにいちおのアパートの扉を叩き、二人で夜道を歩いた。いちおは半グレ集団に加わって犯罪行為に明け暮れた。

しおんは東京の全国的に有名な私立大学に進学すると、サークル活動に参加して浮名を流す日々を送った。

いちおは地元の警察に目をつけられていたので、建設会社で働きながら脅迫や窃盗などを繰り返した。ある朝、アパートに帰ると、母親が尻を天井めがけて突き上げた体勢で死んでいた。大量の覚醒剤を打ったせいだった。いちおは葬儀会社が提示する最低額の葬儀プランを選択した。予想に反して八人も焼香しに来たので、いちおはたいそう驚いた。母親の遺骨は合葬墓に埋葬した。大きくて立派な墓なのに安価だった。

半グレ集団の情報網によれば、警察の捜査の手がいちおに迫っていた。いちおは半グレ集団の手引きで仙台に逃れたが、慣れない土地で防犯システムに感知されてしまったため、青森に逃げた。津軽海峡を渡り、札幌で数週間息を潜めていた。有り金を使い果たし、北海道最大の歓楽街すすきのの道端に座っていたら、ソープランドで働いているという女に声をかけられた。女の名はにわこといった。にわこはいちおを自らが契約する賃貸マンションに連れ帰った。いちおはひとまず衣食住を与えられた。

しおんは大学の先輩にあたる起業家何某に見初められ、彼の会社に入社した。間もなく結婚して退社した。身籠って程なく、何某に愛人が三人いることが彼の秘書の密告によって発覚した。秘書も以前、何某と肉体関係を持っていた。しおんと何某は激しい口論を何度もした。自分は夫としての義務を果たしている、何が悪いのかわからない、というのが何某の言い分だった。しおんは激昂してバカラのグラスを十九個割った。ついには体調を崩して流産した。何某は泣いて謝罪し、三人の愛人と別れることをしおんに約束した。約束は守られた。しかし、すぐに新しい愛人ができた。しおんは何某と離婚して慰謝料をふんだくることを目論むようになった。

にわこは自分からいちおに触れることはあっても、いちおが彼女に触れることは許さなかった。いちおはそれで一向に構わなかった。にわこに何か指示されなければ、テレビをつけて一日中寝転がっていた。見かねたにわこは、「パチンコでもしてきたら」といちおに金を渡した。いちおは金をすってしまうまでパチンコを打った。玉が出ると金がなくならず、パチンコ店が閉まってからはそのへんの酒場で酒を飲んだ。質《たち》の悪い酔客の喧嘩に巻き込まれ、傷だらけになってにわこのマンションに帰ると、彼女は性病を患っていることが判明してしばらく仕事を休むことを余儀なくされていた。にわこは自分には手当てできないので病院に行くようにと、いちおに四万円を手渡した。いちおは足を引きずってにわこのマンションを出ると、二度と戻らなかった。

しおんは離婚にまつわる戦略を練りながら、複数人の見栄えのする男たちと密会した。その最中、二度目の妊娠をした。起業家何某の子かもしれなかったし、他の男の子である可能性も捨てきれなかった。悩んだ末にしおんは人工中絶を決断した。探偵社に依頼してしおんの行動を探らせていた何某は、相談もなく妻が中絶したことを知るに至って激怒した。夫婦は別居し、互いの弁護士を介して争う敵同士になった。

いちおは札幌駅で知り合った山さんという男が埼玉にいる娘に会いに行く旅に同行することにした。ただ、いちおも山さんも金を持っていなかった。山さんは裏の仕事を紹介する元暴力団員の外口《そとぐち》と友だちだった。二十四時間営業の喫茶店で待ち合わせた外口は、左手の小指が欠損していてサングラスをかけ、白いジャージ姿だった。

「これはちょっとやべえあれだけど、五十万払う。でも、そう難しいヤマじゃねえ。ヤマっつっても、山さんのことじゃねえぞ」

ヤニ臭い息を吐いて笑いながら、ある男を拉致して用意された車で指定の場所まで運ぶだけだと、外口は説明した。山さんが訊いた。

「その男はどうなる?」

「わかるだろ」

外口は答えを濁した。山さんはずいぶん迷っていたが、背に腹は代えられないのでやることにした。

山さんは車の運転ができた。いちおと山さんは空き事務所で飛ばしのケータイと鍵を入手し、青空駐車場に駐めてあった古いセダンで中島公園の近くまで行った。セダンを路駐して、ある男が通りかかるのを待ち、二人で襲いかかってビニールテープや手錠、ロープで動けなくした上、トランクに押し込めた。山さんがセダンを運転し、南区の山中で乗り捨てた。

「熊が出そうだな」

山さんは冗談めかして言った。しかし実際、羆がよく出没する地域だった。どうにか無事下山し、電源を入れた飛ばしのケータイで外口に連絡した。小一時間で個人タクシーが迎えにきて、封筒入りの報酬を受け取り、駅まで送ってもらった。飛ばしのケータイは外口に指示されたとおりSIMカードを抜いて踏み潰し、端末は捨てた。いちおと山さんは新千歳空港から飛行機に乗って羽田空港で降りた。電車で埼玉へと向かった。

山さんとは大宮駅で残った金を山分けして別れた。いちおはあてもないので東京に引き返し、カプセルホテルに宿泊しながら、銀座、秋葉原、上野、池袋などを見て回った。新宿歌舞伎町のドンキ・ホーテ前ですれ違った男の顔に見覚えがあった。いちおが振り返ると、その男も足を止めて振り向いていた。

「もしかして、來嶋さんですか?」

いちおが訊くと、男は歯を見せて笑った。青白いほどに白い歯だった。いちおの母親と一緒に覚醒剤を打って性行為ばかりしていた頃とは比べ物にならないほど、身なりもよかった。

「今はその名でやってねえんだわ。いちおじゃねえか。久しぶりだなあ」

來嶋は覚醒剤取締法違反など複数の罪に問われ、実刑判決を受けて服役したあと、知人の伝手を頼って上京した。とうに暴力団から足を洗い、現在は新宿歌舞伎町で複数の飲食店を経営する知人の会社で役職に就いていた。來嶋は系列店だというアイリッシュパブ風の酒場にいちおを連れてゆき、飲み食いさせながら昔話に花を咲かせた。來嶋はいちおの母親が死んだことを知っており、目を潤ませて「あいつには悪いことをした」と頭を下げた。

「いちおは今、何してるんだ」

「とくには何も」

「だったらうちで働くか。おまえには借りもあるしな。真面目にやれば、いつか店を任せてやるぞ」

断る理由はなかったので、いちおは來嶋の世話になることにした。來嶋は芝田《しばた》を名乗っており、会社では専務と呼ばれていた。いちおも専務と呼ぶこととした。

しおんは長い闘争の果てに起業家の何某との離婚を成立させた。不貞はお互い様で、慰謝料も財産分与もしおんの望んだとおりにはならなかった。それでもマンションの一室と数千万円が手に入ったため、半年は遊び暮らしていた。見目のいい男を連れて恵比寿や六本木で飲食し、銀座や新宿の伊勢丹で買い物をした。ある日、しおんは口座の残高が減る一方だという当たり前の事実に気づいて当惑し、働き口を探さねばと思い至った。もしくは、金づるを見つけなければならない。

いちおは新宿三丁目の飲食店でキッチンスタッフとして働いた。その店の店長は「きみ顔が怖いよ」と指摘し、ホールには出せないと判断した。いちおは言われるままキッチンで業務をこなした。芝田こと來嶋にあてがわれた新宿区の隅にあるアパートに帰ると、鏡の前で笑顔を作る練習をした。勤務時間外に系列店でスタッフが休んだり飛んだりすると、芝田はいちおのケータイに電話して「出られないか」と尋ねた。そのケータイも芝田がいちおに買い与えたものだった。いちおはどの店だろうと何時だろうと駆けつけた。他にやることもなかった。

夕方、出勤前に伊勢丹の横を歩いていたら、派手に着飾った厚化粧の女がいちおを呼び止めた。

「いちお。いちおでしょう。こんなところで会うなんて。なんで笑ってるの。わたしと会えて、そんなに嬉しい？」

「ああ、これは笑う練習で。職場で顔が怖いと注意されたから」

「まさか、このあたりで働いているの？」

しおんはいちおが働く新宿三丁目の店を訪れると、知人だという初老の男を呼び寄せて食事しながらビールやワインをがばがば飲んだ。しおんと初老の男は三時間ばかりも飲み食いして店をあとにした。その二時間後にしおんは一人でまた来店した。千鳥足で、踵の折れた片方のハイヒールを手で持っていた。

「しおん、一人でどうしたの。さっき一緒だった人は？」

「帰った。わたしを置いてタクシー乗ってったの。あのやろう。帰るんだったら金置いてけっての。タクシー代……」

「まだ電車があるよ」

「なんでわたしが電車なんか乗らなきゃならないの。電車なんか……」

しおんは泥酔していた。いちおは店長に事情を説明し、早退させてもらうことにした。しおんを抱えるようにしてタクシーに乗せ、自分も乗り込んだ。しおんから住所を聞きだそうとしても埒が明かなかった。結局、持っていた保険証を見せてもらい、記載されている住所をタクシーの運転手に告げた。しおんはタワーマンションの一室に住んでいた。いちおは停まったタクシーからしおんを引っ張り出し、マンションのエントランスまで送った。

「いちおは元気?」

「しおんはどうなの」

「生きてれば色々あるでしょう」

「そうだね。あまり飲みすぎないほうがいいよ」

「生意気。いちおのくせに」

しおんはエントランスの前に座り込み、ここでいいからと何度も繰り返した。いちおは待たせてあったタクシーで新宿に戻った。

しおんは月に何度かいちおが働く店に姿を見せるようになった。最初のようにひどく酔って醜態を晒すことはなかったが、連れの男は毎回違った。会計は必ず男がした。しおんは決まっていちおを席に呼びつけ、「彼、わたしの同級生なの」と男に紹介した。

「幼馴染みたいなもの。そうでしょう?」

「はい。そうですね」

「なんで敬語なのよ。ずいぶん他人行儀じゃない」

いちおは堅実な働きぶりが評価され、歌舞伎町にある個室居酒屋の店長に抜擢された。店長になってしばらくすると、しおんが店にやってきた。しおんは一人で、厚手の紙袋を持っていた。いちおはしおんの個室に呼びつけられた。しおんは紙袋をいちおに渡した。

「誕生日おめでとう」

紙袋の中身はロレックスの腕時計だった。

「こんな高価なもの、もらえないよ」

「いいから、持っておきなさい。突き返されたって、わたしは使えないし。売るしかないんだから」

「誕生日だってことも忘れてた」

「もう三日過ぎてるけどね。いちおは昔から誕生日とか無頓着だったもの」

しおんは少量の料理をつまみながらワインを何杯か飲んだだけで帰った。しかし三十分ほどすると戻ってきて、いちおに連絡先を訊いた。いちおはケータイの電話番号を教えた。

「メールとかSNSとか使ってないの?」

「ごめん、おれ、詳しくなくて」

「今度使い方教えてあげる」

いちおは毎日忙しかった。店が休みの日は芝田に付き従って方々の会社を回ったり宴席に出たりした。芝田は暴力団を辞めたというが、暴力団員や半グレとの付き合いはあった。

どこぞの顔役だという半グレと六本木のキャバクラで飲み明かしたあと、その半グレと敵対している半グレの手下に襲撃され、芝田もろとも黒塗りのミニバンに押し込まれそうになった。いちおは死にものぐるいで大暴れして半グレたちを蹴飛ばし、投げ飛ばした。

「逃げて、専務」

「わかった、必ず助けてやるからな」

捕まったのはいちお一人だった。半グレたちはいちおを神奈川県の廃工場でリンチした。ロレックスを奪われそうになったので、それだけは勘弁して欲しいといちおは土下座した。

「だったら選ばせてやるよ」

格闘技をやっていそうな半グレの首領格が入れ墨だらけの太い腕を組んでにやにやしながら言った。

「これからてめえの歯を折る。上の歯も下の歯も全部だ。ただし、そのロレックスをおとなしく渡すなら、前歯四本だけで勘弁してやる」

「全部折っていいです。時計だけは勘弁してください」

「いかれてんな、てめえ」

半グレたちは金属バットでいちおの顔の下半分を何度も殴打し、砕けた歯をペンチですべて抜いた。ロレックスも奪われた。いちおは血まみれで山下公園に放置された。通行人に発見されて救急搬送されたが、顔面の損傷が激しく何度も手術を受けた。なんとか話せるようになったのは四ヶ月後だった。さらに数ヶ月してから、芝田が医者に入れ歯を作らせた。十ヶ月で店に復帰したが、人前ではマスクを外せない顔貌だった。

ケータイは事件の際に紛失した。いちおが入院している間、しおんは何度か来店したという。事が事なので、芝田は店や会社の人間にもみちおはとある事情でしばらく休むとだけ伝えていた。種々の憶測は流れても、真相を知る者は会社の上層部を除いてほとんどいなかった。しおんが最後に店を訪れたのは半年前だという。

いちおはしおんのことが気になっていたが、ロレックスを奪われたという負い目がある。それに怪我で面相が変わり、入れ歯になった。合わせる顔がないとはこのことだった。芝田が配置転換を打診してきて、いちおはこれに応じた。いちおは営業管理部の次長に任じられ、主に会社の裏の仕事を担当するようになった。営業管理部は社内で密かに機動隊と呼ばれていた。社長や専務ら上層部の護衛やトラブル処理、組織防衛や攻撃を担う。いちおに課せられた当面の仕事は、いちおに一生の傷を負わせた半グレ集団への復讐だった。

いちおは二年かけて半グレ集団を一人ずつ攫い、見せしめのために半殺しにしたり、息の根を止めてコンクリート詰めにしたり、薬品で死体を溶かして文字どおり消したりした。マスクをしたいちおが歌舞伎町を歩くと、その筋の者たちは決して目が合わないように下を向いた。踵を返して逃げだす者もいた。警察にはマークされていた。だが、いちおは用心深く行動した。機動隊こと営業管理部は、半グレなら殺すことも厭わなかったが、暴力団員と堅気の人びとには危害を加えなかった。

いちおは営業管理部の部長に昇進した。ボーナスでしおんがくれたロレックスと同じものを購入してみたが、つける気になれなかったので部下の吉井《よしい》にくれてやった。吉井はかつていちおが店長だった個室居酒屋で働いていた。営業管理部に引き抜かれて、今や次長だった。

吉井はいちおに内緒でしおんを捜していた。とうとうインスタグラムからしおんの手がかりを得て、消息を摑んだ。しおんは萱葺《かやぶき》という実業家と結婚していた。加工した自撮りを交えて幸せな結婚生活の模様を詩的に綴っていた。吉井は萱葺としおんが中目黒に住んでいることまで突き止めたが、いちおには黙っていた。一年以上経って気が変わったのは、しおんが入院しているらしいと知ったからだった。

吉井にしおんの入院先を教えられたいちおは、三日三晩迷い悩んだ。ようやく踏ん切りがつき、花束と果物の盛り合わせを抱えてしおんを見舞った。しおんは化粧をしておらず、やせ衰えた顔は土気色だった。ニットのカーディガンを羽織り、何か本を読んでいた。マスクで顔を隠した怪しい男はいちおだと、しおんは一目で見抜いた。

「来てくれたの。きれいなお花。どうしてた？　元気？　わたしはね、このとおり、まあまあ元気でやってる。子宮はとっちゃったけど。癌だったの。子宮頸がん。転移はしてないって。だからもう平気。知ってる？　わたし、結婚したの。しばらく旦那の顔を見てないけど……」

その日は面会の時間が終わるまで、いちおはしおんの病室にいた。営業管理部の業務に関わること以外は正直に打ち明けた。怪我のことも、ロレックスのことも話した。しおんはいちおを責めなかった。

「馬鹿ないちお」

しおんは笑った。弱々しく笑いながら、少しだけ泣いた。

「ロレックスなんてまた買ってあげる。本当に馬鹿なんだから」

「また来るよ、しおん」

「絶対?」

「必ず会いに来る」

いちおは多忙だった。会社は順調に勢力を拡大して収益を高めていたが、何しろ敵が多かった。不穏な動きを察知すると、営業管理部は守りを固めるよりも先制攻撃に打って出た。相手もそれを知っているから、隙を窺って奇襲を仕掛けてきた。いちおは対応に追われた。社内ではいちおの成果への評価より手法に対する批判が強まりつつあった。次長の吉井が誘拐され、多額の身代金を要求されるに至って、専務の芝田もいちおをオフィスに呼んで苦言を呈さざるをえなくなった。

「いちお、おまえはちょっとやり過ぎなんだ。ここは日本なんだからよ。そんなやり方を続けてたら、どうしたって行き詰まる」

「明日までに三億用意してもらえますか」

「無理に決まってんだろうが」

「吉井はばらされますね」

「てめえで蒔いた種だぞ。なんとかしろ」

いちおは吉井の身柄を押さえている外国人の集団に連絡し、身代金を二千万まで値切ろうとした。それがぎりぎりいちおが即座に動かせる限界の金額だった。相手は承知しなかった。やむをえず、いちおは現金二千万円を詰めたボストンバッグを持って指定の交換場所に一人で赴いた。吉井は解放され、二千万円といちおが相手集団の手に渡った。

「部長。すいません、部長」

「元気でな、吉井」

いちおは袋叩きされた。気がつくとコンテナの中で寝ていた。いちおを載せたコンテナは中国の港で陸揚げされ、内陸の都市に運ばれた。何度も飢え死にしかけ、片言の日本語で命じられたことは何でもするしかなかった。そのうち中国語と英語を多少覚えると、フィリピンに密入国させられ、現地のギャングの手足となって働かされた。数えきれないほど銃撃されて死にかけたものの、日本の暴力団と繫がりを持つ男と知り合い、彼の協力で吉井と連絡をとることができた。

吉井はいちおの跡を継ぐ恰好で営業管理部の部長になっていた。吉井の手を借りて、いちおは四年ぶりの帰国を果たした。吉井はいちおのために高橋繁之《たかはししげゆき》という男の身分を手に入れてくれた。悪目立ちする顔を変えるために整形手術も受けた。

しおんは萱葺と別れて辻谷《つじたに》という左翼思想家の大学教授と暮らしていた。いちおは吉井が調べた電話番号に電話をかけた。もしもし、といちおが言っただけで、しおんは気づいた。

「いちお。いちおでしょう？　この嘘つき！　また来るって約束したのに、あれっきり来ないんだから。てっきりどこかで野垂れ死にしてるんじゃないかと思ってたのに、生きてたなんて」

「ごめん。謝りたくて。それだけなんだ。もう二度と連絡しない。迷惑をかけたくないから」

「それが迷惑だっていうの。とにかく、会って話をしなきゃ。病院のわたし、ひどかった。あのときは最悪だったし。あんなのがわたしだと思われてたら、たまったものじゃない」

二人は自由が丘のカフェで待ち合わせをした。しおんはまるで別人だった。実年齢より十歳以上若く見えた。痩せているというよりほっそりしていて、皺が目立たなかった。女優か何かのようだった。

「整形したの。いちおも直したんだ」

「高橋繁之」

「何それ」

「いちおはもういない。おれは高橋繁之だ」

「いちおはいちおでしょう。馬鹿みたい」

二人は積もる話をした。いちおはともかく、しおんは話が尽きなかった。

「マルマリ」

しおんが急に微笑しながらそう言った。いちおは声を発さずに笑って訊いた。

「ダンゴムシじゃなくて?」

「そうよ。マルマリ」

「アリはクロウジャウジャ」

「ええ。ちょうちょはハネヒラヒラ」

「シロバネヒラヒラ。キバネヒラヒラ」

「タンポポは?」

「キイロハナバナ。ミミズの死骸は、ドウロカラカラ」

「違うわ」

「そうだった。ドウロカラカラは干からびてるだけで、死んではいない」

「わたし、再発したの」

「再発」

「肺なんかに転移している」

「そうは見えない」

「鏡を見るたびに、わたしもそう思うわ」

「旦那さんには？」

「言ってないし、旦那じゃないの。結婚してないから。事実婚ってやつ。そういう主義の人なの。国家が定める結婚制度に縛られるのは本来的な自由を手放すことになるからって。意味わかる？」

「おれにはよくわからない」

「わたしも。だけど、いい人なの。頭の回転が早くて、顔も好みだし。セックスも悪くない」

「なんで病気のことを話さないの？」

「繊細な人だから。驚かせたくないし、不安がらせたくもないの」

「話したほうがいいよ」

「もうやめて」

「でも」

「大丈夫。わたしはまだ若いし、治る見込みは十分あるから。いちおは？　誰かいないの？」

「いるよ」

いちおが即答すると、しおんは目を伏せて微笑し、「そう」とだけ言った。

それからいちおは大学教授の辻谷を調べはじめた。吉井が回してくれる多少の非合法行為を含んだ仕事をこなしていれば生活には困らなかった。辻谷はある界隈ではなかなかの有名人で、交友関係も広く、片手間でも調査は進んだ。辻谷には同棲しているしおん以外にも複数の恋人がいた。地主の息子で、いくつもの土地や建物を相続しており、働かなくても左団扇で暮らせる身分だった。

半年もしないうちに、しおんは入院して治療を受けることになった。いちおは花束と果物の盛り合わせを持って見舞いに訪れた。しおんは化粧をし、ワンピースのルームウェアを着ていた。やつれていたが美しかった。

「彼には話した？」

「しばらく距離を置きたいって言われた」

しおんは笑みを浮かべて答えた。

「別にショックじゃなかった。そんな気がしてたから。いい人だけど、悲しみにも孤独にも耐えられないの」

「また来るよ」

「今度は本当？」

「必ず来る」

いちおは吉井がくれる仕事をして、週に三度はしおんを見舞った。病状は一進一退だった。抗癌剤や放射線治療で小さくなる癌もあれば、頑強な癌もあった。たまに新しい癌が見つかり、古い癌は増殖した。

「いちお、わたし、緩和病棟に移ることになったの」

「そうなんだ」

「もう治らないんだって」

「諦めちゃダメだよ、しおん」

「わたしが諦めたんじゃなくて、お医者さんがそう言ってるの」

「でも、わからないだろ」

「そうね。わからない」

緩和病棟に移ると、しおんは痛いとかつらいとか苦しいとか口に出すようになった。それまでは我慢して言わなかっただけだった。いちおはしおんの手を握った。しおんの手は冷たく乾いていた。面会の時間が終わって帰らないといけなくなると、いちおは大声で叫びたくなった。ぐっとこらえて「また来るよ」と告げると、しおんは決まって「本当に？」と尋ねた。

「必ず来るよ。明日も、明後日も」

次の日も、そのまた次の日も、いちおは緩和病棟を訪れた。吉井は事情を把握していたから、仕事なんてしなくていいといちおに言い、金を渡そうとした。いちおは受け取らなかった。吉井はしおんが入院している病院まで歩いて行ける場所にある物件を一つ押さえて、そこに寝泊まりすることをいちおに提案した。いちおはありがたく吉井の厚意を受け容れることにした。

「また来るよ」

「本当に？」

「必ず来るよ」

「いちお、また来たのね」

「また来たよ」

「もう帰っちゃうの？」

「また来るよ」

「本当に？」

「必ず来るよ。毎日、来るよ」

「そう言ってまた帰るのね」

「また来るよ」

「今夜はそばにいて。お願い」

「それはできないんだ、しおん」

「どうして？」

「決まりなんだよ。おれは他人だし」

「いちおが他人？」

「ごめん」

「ちゃんちゃらおかしいわ」

「そうだね。そう思う」

「いちおのくせに」

「また来るよ」

「本当に？　約束して」

「約束する」

投与されるモルヒネの量が増えるに従って、しおんは眠っている時間が増えた。目が覚めていても、被害妄想に駆られたり、非現実的なうわ言を繰り返したりした。

「部屋に知らない人ばかりいて大変。お金を持っていても全部盗られちゃうし」

「今はおれがいるから平気だよ」

「さっきはいなかったじゃない」

「ずっといるよ」

「お母さんが座ってた」

「どこに？」

「ベッドの上に。もう来ないでって言ったのに。お父さんなんか、勝手にわたしのベッドに入ってきて、そういうことしないでって言ったら、おまえなんか娘でも何でもないって」

「ひどいことを言うね」

「お父さんもお母さんも、死んだと思ってた。わたしも死ぬから？」

「大丈夫だよ」

「わたしが死んじゃったら、いちおはどうするの？　わたしがいなかったら、生きてけないでしょう？」

「そうだね」

「誰もいないくせに。わたしはまだ死なないから」

心臓が止まる前日にも、しおんはいちおに自分はまだ死なないと言い張った。

「だって、わたしが死んだら、いちおも死んじゃうでしょう？　だったらわたし、死ぬわけにいかないじゃない」

「そうだね」

「マルマリ」

「ダンゴムシじゃなくて」

「マルマリ」

「アリはクロウジャウジャ」

「さっきそのへんをシロバネヒラヒラが飛んでいたわ」

「キバネヒラヒラもいたよ」

「いちお、キイロハナバナを摘んできてちょうだい」

「わかった。今度摘んでくる」

「だめよ。摘んだりしたら、死んじゃうでしょう」

「そうだね」

「わたし、すっかり干からびて、ドウロカラカラみたいだわ」

「そんなことはないよ」

「わたしは干からびてるだけで、死んではいない。わたしは死なない」

しおんの葬儀は辻谷が執り行った。いちおは参列しなかったが、遠くから喪服姿の辻谷を見た。多くの生花が飾られ、大勢が集まっていた。

辻谷が建てた立派な墓には、自由、と刻まれていた。いちおは持参したキイロハナバナの写真を墓前に供えた。

高橋繁之は享年七十四歳、身寄りはなく、千葉県内のアパートで遺体が発見された時点で死後一ヶ月以上経過していた。

私の猫

油性の黒いマーカーペンで三千円と書かれた値札が貼りつけられているケージの中で、三匹の子猫がたわむれていた。どの子猫も雉虎の雑種だから、兄弟なのだろう。

しばらく子猫たちを眺めていると店の自動扉が開き、一目で飲んだくれとわかる白髪交じりの男が乱暴な足どりで入ってきた。

男に充血した目で睨まれたものだから、自分は恐れをなしてあとずさりした。だが何のことはない。男の視線は自分ではなくケージに向けられているらしい。男は我が物顔でケージの扉を開け、一匹の子猫をつまみあげた。

「おい、これもらってくからな」

「あ、さ、三千円です！」という悲鳴のような声が店の奥のほうから聞こえてくると、男は舌打ちをしてそちらへずんずん歩いていった。

「いやあ、でも……」

小声で呟きながら、自分はふたたびケージを見つめた。男は三匹のうち、一番様子のいい子猫を持っていったのである。その子猫は毛並みがよくて細い尻尾がすっと長く、二つの眼が賢そうに輝いていた。自分が目をつけていた子猫だった。

「なんだよ、いきなりきて……」

やむをえず他の二匹を見比べていると、尻尾が団子のようにくしゃっと丸まっていて、やせっぽちで弱々しい、雌の子猫がどうにも気にかかって仕方ない。もう片方の雄の子猫は、とりたててよくも悪くもなく、引っかかるものがなかった。しかし雌の子猫はいかにも不健康そうだし、酔っ払いが持っていった子猫と比べてしまうと、どうしても見劣りがする。

「おい、にいちゃん」

支払いを終えた白髪交じりが、右手に子猫をぶら下げて近づいてきた。

「え、あ、はい、なんすか」

「そいつにしろよ。そいつがいいぞ」

人の背中を無遠慮に叩いて白髪交じりが示したのは、果たして団子尻尾の雌だった。

白髪交じりは饐えた臭いを撒き散らすだけ撒き散らし、返事も聞かずに店をあとにした。

自分は団子尻尾の雌を三千円で買った。

1

大学生になると新入生歓迎コンパというものがあって、ただ酒を飲めるらしい。そんな話は一度も耳にしたことがなかった。

自分は一年浪人して北海道大学文学部に入学したが、親に授業料を払わせた予備校には三日しか行かず、友人も知人もいなかったので、大学に関する情報をほとんど持ちあわせていなかったのである。大学生になって初めて、自分は新歓コンパの存在を知った。

自分は競技舞踏部という部の新歓コンパに連日参加した。老け顔のせいか、自分はその部の人間にしか声をかけられなかった。

「ていうか、きみ、毎日きてるよねえ。うちの新歓。これで何回目？」

「ええと、三回目、ですかねえ。いや嘘です。ほんとは四回目っす」

「うわ。もう四回かあ。それじゃもう入部しないと。入部しようよ。入っちゃおう。ね」

「ええと、そうっすね。じゃ、入ります」

実は、言われるまでもなく自分は入部しようと決めていた。理由は女である。

競技舞踏とはソシアルダンスを競技として行うもので、これは男女一組で踊る。そのため部員の半分は女でないといけないが、大学内だけで女子部員を確保するとなると難しいから、周辺の女子大、女子短大の生徒を誘い入れている。つまり、この部に所属すればいろいろな女と親しくなることができる、少なくともその機会がえられるという寸法だ。自分は友人などいてもいなくてもかまわないが、女は切実に欲しかった。女に餓えていたと言っても過言ではない。

最初、自分は同じ新入部員の小柄なおかっぱ頭の女に狙いを定めた。しかし脈がなさそうだったので、どうやら自分に気があるらしい、いつも眠たそうな目をしているくせに陽気な新入部員に標的を変更した。

「なあ、そろそろつきあう?」

「そろそろって何? いいけど」

「あれ。いいんだ?」

自分は間もなくこの女と交際するようになり、処女だった女と苦心惨憺して関係を持ってからは、学業も部活動もそっちのけで朝も昼も晩も屋内でも屋外でも獣のようにつがった。女は平岸の実家から花川の藤女子短期大学に通っている身分で、北十八条駅から徒歩三分の場所にある自分のアパートに入りびたり、自分はろくに登校しなかった。二人して競技舞踏部もやめてしまった。

女の母親から自分のところに何度か電話があった。彼女は、不道徳ではないか、まったく不真面目にも程があるし、ふしだらきわまりないと自分をなじったが、女が望んでしていることなので、自分を責められても困る。自分もひとのことは言えないが、女は異様に性欲が強かった。

自分と女はありとあらゆる性行為を試したが、いいかげん何をしても新味がなくなってきた。女の要求に毎度応じるのも苦痛だった。自分は女に飽きていた。それを察したのかもしれない。ある日の夕方に女が言いだした。

「そういえば、猫ってかわいいよね。あたし一回、猫、飼ってみたい。犬はうちにいるんだけど、猫は飼ったことないから」

自分はずっと猫を飼っている家で育ったので、むしろ猫が身近にいない環境が不自然に感じられるくらいだった。それではと地下鉄北二十四条駅の近くにある愛玩動物専門店に赴いて、件の子猫を三千円で入手したのである。

「……ていうか、まるで虫だな。虫」

子猫は起きている間中ひっきりなしに走りまわり、自分にも女にも買い物袋にも見境なくじゃれついた。女はしきりにかわいいかわいいと騒いだが、自分はああ猫がいるなと思ったり、ときおり便所掃除や餌やりなどの世話が面倒だと感じるだけだった。

女がやる気のない自分の上に乗って腰を振っているときも子猫は駆けずりまわっていた。自分が事後に喫煙していると、煙草の煙に子猫が猛然と飛びかかった。

女がアルバイト先の上司と浮気をしていたときも、子猫はきっと飛んだり跳ねたりしていただろう。女が浮気相手と情交したあと自分のアパートを訪れて身体も洗わず自分に抱かれようとしたときなどは、カーテンにしがみついてよじ登り、自力で降りられなくなってぴゃーぴゃー鳴いた。

「おいおいマジかよ。信じらんねーよ。やめてくれよ。ふざけるな」

「違うの。あたし、あんたが初めてだったでしょ。あんたは違うでしょ。それがずっと、いやだったの」

「意味わかんねーし。わかりたくもねーし。もうやめね？　こんなの無理。なんか、つらいだけだし。結局、限界だったんだろ」

「何？　どういうこと？　もしかして、別れたいってこと？」

「うん。そう。別れたいっていうか、別れるってこと。これで終わり。完全終了。ばいばい」

自分は女を部屋から追いだした。ところが、自分は別れるつもりでいるのに、女はなかなか承服しない。アパートにいれば女が訪ねてくる。居留守を使うと扉を叩く。泣き叫ぶ。久々に大学に行けば待ち伏せされる。アパートに帰ると戸口の前にいる。見つかったが最後、タックルをかまされて押し倒され、復縁を強要される。

「ねえ、おたくの娘さんどうなってんすか。おかしいんじゃないすか。頭いかれてると思うんすけど。病院連れてったほうがいいんじゃないすか。やばいんすけど。怖いんだけど。ほんと耐えらんねえってマジで」

自分は女の母親に電話をして苦情を言いたてたが、女の意思に基づく行動なので止めようがない、というのが答えだった。無責任だと思いはしたものの、女の母親の言うことにも一理ある。

自分は付近に女の姿が見あたらないときだけこっそりアパートに帰り、あとは外で過ごすようになった。昼は狸小路あたりをぶらつくか、公園で寝るか、図書館で本を読む。夜は一人あてもなく薄野の歓楽街をうろつくのである。

しかし金がないから飲み屋には入れないし、歩くか立っているか座っているしかない。薄野の路上で弾き語りなどをしている男女は自分にとっていい暇つぶしの種だった。

その中にウクレレを弾きながら下手な歌を歌う女がいて、ひやかしているうちに親しくなった。自分は口八丁で同情を引き、まんまとウクレレ女の部屋に転がりこむことに成功した。

こうして居場所を確保できたのはいいが、アパートには子猫とはもう言えない体格に育った猫がいる。餌をやらないと飢え死にしてしまうし、いくらなんでも死なせたら寝覚めが悪い。

自分はやむをえず、二、三日に一度は必ずアパートに戻った。そのたびに猫は嗄れて太くなった声で出迎え、自分にすり寄ってきた。腹が減った、餌をよこせ、というのだろう。

「わかったわかった、今やるから。な。ほら。食え」

そうして猫が餌を貪り食っている間に、自分は猫の便所を掃除してアパートを出るのだった。

ほどなく自分はウクレレ女の影響で弾き語りを始めた。薄野《すすきの》交番の隣、新ラーメン横丁入口のほぼ真向かいで、ギターを弾きながら歌うのである。

自分はウクレレ女より歌は数段うまかったし、流行歌を知らず、一昔、二昔前の歌謡曲だの演歌だのビートルズだのニルヴァーナだのばかり歌っていたのが、かえって功を奏した。思いのほか客受けがよかったのだ。おかげで儲かった。稼ぎがいいものだから気分をよくして、自分は歌に熱中した。そんなある夜、別れた女が物陰から自分の様子をうかがっていることに気づいた。

女は日ごとに距離を縮めてきて、ついには自分の隣に腰を下ろした。迷惑だが、他の客もいるので邪険にして騒がれたくない。放っておくと、女は自分の歌に耳を傾け、その合間に自らの近況を問わず語りにぽつぽつと語った。なんでも女は最近、薄野の大衆酒場にアルバイトの口を見つけたらしく、仕事帰りに偶然、自分の姿を見かけたのだという。

「あたし、変わったよ。前とはぜんぜん違うと思う。やりなおすとかじゃなくて、もう一回、つきあわない?」

自分は情にほだされて、午後九時の人通りの多い薄野交番前でウクレレ女に別れ話を持ちかけた。ウクレレ女は自分より年上で冷静沈着、寛容で穏やかな女だったから、すんなり了解してくれるだろうとたかをくくっていたのだが、そうはならなかった。

「前の人とよりを戻すつもりなんでしょう。それだけはやめて。その人とつきあっても、あなたは絶対、幸せになれない。わたしはあなたが好き。こんなに人を好きになったことはないの。生まれて初めてなの」

「いやあ、ていうか、おれのどこがそんなにいいわけ？　なんか謎なんだけど」

「わたしにもわからない。でも、好きなの。だからお願い、別れるなんて言わないで」

ウクレレ女は人目をはばからずに号泣した。自分は辟易してウクレレ女を置き去りにし、前の女とよりを戻したが、ひとしきり同衾するとやはり嫌気が差してきた。

自分にとって、女との性行為はウクレレ女とのそれより格段にいい。だが女はわがままで独占欲が強い。知性がない。まともな会話がほとんどできない。正直、一緒にいるのが苦痛でしょうがない。

女は何も変わっていなかった。変わっていることを期待していたわけでもない。自分はようするに、女との交わりが忘れらなくてウクレレ女を捨てたのである。すぐにその決断を悔いる羽目になった。

「やっぱ無理だと思うわ。なんかこう、おまえとの関係って、発展性がないっていうか。好きとか嫌いとかじゃなくてさ。違うって感じ」

「本気で言ってる？」

「本気、本気」

「じゃあ、もう一緒にチェリーメリーのダブルチョコレート食べにいけないんだね。北海道神宮のお祭りにも行けないんだね。次のお正月に温泉行こうって言ってたのもなしなんだね。行けないんだね」

自分と女が出会ってから二年以上たっていた。年月分の思い出らしきものがないないわけではない。その間に猫も育った。動物病院に連れてゆき、一万数千円だか支払って去勢手術を受けさせた。声が低くなった。すり寄ってくるくせに、抱くと怒って爪を立てる身勝手な猫だった。目を閉じると、いろいろな思いがこみあげてきて鼻の奥が熱くなった。その手で何度か引き止められたが、自分は結局、女とは別れた。

2

今さら生真面目に大学に通う気にはなれず、自分は夜の薄野で弾き語りをつづけた。

昼過ぎに窓掛けの合間から射しこむ光で目覚めると、煙草を吸いながらギター片手に作詞作曲をし、午後五時ともなると猫に餌をやって家を出る。地下鉄南北線に乗って薄野駅で降り、吉野家で飯を食ってから路上に立って歌いはじめ、午前二時ごろには店仕舞いをして、始発まで行きつけの洋風酒場で飲み食いをする。アパートに帰ってシャワーを浴びたら猫に餌をやって眠り、起きてまた煙草に火をつける。

自分は薄野に数多くいる弾き語りの中でも稼ぎがいいほうで、一晩に一万円以上の投げ銭を集めることもめずらしくなかった。おそらくそのせいで、地方テレビ局の番組の取材を受けた。地方ラジオ局では自分の歌が紹介された。催し物にも呼ばれた。公共放送の地方制作ドキュメンタリーにも出演した。

自分は歌で食ってゆくつもりでいた。その端緒として、稼いだ金で音楽機材を買い漁り、歌声や演奏を録音、編集して、コンパクトディスクを自作することを思いついた。機材さえ揃っていれば、わざわざ専用のスタジオを借りる必要はない。録音も編集もすべてアパートの部屋で行うことができる。

「いいか、鳴くなよ。鳴いたら殺すからな。じっとしてろ。いいな」

自分は猫にそう言い聞かせ、設置したマイクに向かってしゃにむに歌った。

猫は部屋の片隅に座り、ほとんど黙って自分を見つめていた。何度か小声で鳴いたり物音を立てたりして録音が台無しになったが、それよりも自分がとちって失敗するほうが遥かに多かった。

こうして十三曲入りのコンパクトディスクが完成し、三千円で百五十枚ほども売れた。気をよくして次に制作した七曲入りで千五百円のコンパクトディスクはさっぱり売れなかった。自分は自信と意欲を一気に喪失した。

「ひょっとして、おれって才能なかったりする？　だとしたらやばくね……？」

そうかといって他にやることもない。自分は半ば惰性で弾き語りを継続したが、折悪しく薄野の風紀を取り締まる運動が始まって、路上での客引き行為に加え、各種パフォーマンスにも厳しい目が向けられるようになった。もともと薄野交番の近くで弾き語りをしていた自分は、次第に隅のほうへ、隅のほうへと追いやられた。自分の稼ぎは減った。常連客も激減した。

それでも一人だけ毎日のように自分のもとを訪れ、今日は三百円、今日は五百円、今日は奮発して千円といった具合に投げ銭をしてくれる女がいた。女は薄野のファッションヘルスで働いているらしい。

「なんか歌ってよ」

「何。どんな歌」

「どんな歌でもいい。あんたの歌」

自分が歌いだすと、女は決まってうつむいた。顔をのぞきこめば、実につまらなそうな表情をしている。わざわざ金を払って歌わせておいて、まったく妙な女である。そういえば、自分は女の笑う顔を一度も見たことがない。この女はいったい何のために自分のところへ寄るのだろう。

「あのさ、これから飲みに行かない？」

自分は弾き語りを商売、仕事と割りきっていて、客と一杯やることさえなかった。その夜、初めて一線を越えた。女は平然と自分の誘いに乗った。

「あんたの歌、嫌いじゃないけど、そんなに好きでもない」

「どっちだよ」

「なんか暗いんだよね。暗い気分のときに聴くにはいいんだけど。まあ、飲も」

「そうっすね。はい。乾杯」

女はクエルボという銘柄のテキーラを立てつづけに三杯飲み、げらげら笑いだしたかと思うと泣きはじめた。自分はしばらくその硬い背中を撫でていたが、化粧が落ちた女の顔を見てつい吹きだしてしまった。女は怒って自分の向こう臑を蹴り、今度はレモンハート・デメララというラム酒をまた三杯連続で飲んだ。


自分の猫は、放っておかれるとすり寄ってくるくせに、抱くと爪を立てたり嚙みついたりする。それが腹立たしいと女は言い、引っかかれても嚙まれても、事あるごとに猫を抱いた。

「なんか、すっごいむかつく。絶対、だっこ猫にしてやる」

だが、残念ながら女の努力は報われず、猫はいつまでも抱かれるのをいやがった。女もいつしか諦めて、あまり自分の猫に構わないようになった。

女は一週間がかりで自分の部屋を片づけ、隅から隅まで掃除した。おかげで部屋は本来の広さを取り戻したが、人間二人と猫一匹が生活するには手狭である。やむをえず引っ越しをする際、無残なまでに痛めつけられた壁紙について大家に問い質された。

「いやあ、なんつうかその、前につきあってた女が、ちょっといかれてて、その、そいつが刃物とか振りまわして、ナイフとかカッターとか、それでこうね、ガツガツと。おれがいない間とかにも。おれがいると、標的がおれになるんですけど。いやあ、マジで怖かったっす。ほんとやばくて。すみません」

大家は疑わしげだったが、最終的にはどうにか納得してくれたので、自分は胸を撫で下ろした。壁紙を傷つけたのは自分の猫である。しかし、このアパートでは動物を飼うことが禁じられていたから、事情を正直に話すわけにはいかなかったのである。

北二十四条駅から徒歩八分の新居では堂々と動物を飼うことができたが、薄野はいくらか遠くなった。自分は弾き語りを休みがちになり、ほぼ毎日出勤する女に引け目を感じて、大学に通うことにした。

「おれ、歌はもういいわ。やめる。やめます。やめました。はい。やめた」

「それで、どうするの？」

「どうする、とは？」

「学校卒業して、就職するの？」

「え？　おれ、学校卒業して、就職しないの？」

「ずいぶん休んでたんでしょ。卒業できるの？　卒業しても、就職できるの？　就職活動とかは？」

「おれはねえ、うん、でも、向いてないと思うんだよね。サラリーマンとか。無理だと思うよ。体質的に？　違うか。まあ、なんとなくだけど、なんか違うかなって。サラリーマンとか公務員とかは」

「で、どうするわけ？」

「そうだなあ。小説でも書こっかなあ」

言ってしまった手前、何もしないわけにはいかないだろう。ちょうど大学の講義中は暇だし、その時間を利用して小説を執筆すればいい。

問題は、今まで小説など書いたこともなければ、小説を書こうと思ったことさえないということである。小説家になるなどとのたまう男は、女に養ってもらっている紐か、いつまでも親の脛を嚙りつづけたい怠け者か、そのどちらかだろうと自分は考えていた。もちろん自分も読書くらいするが、小説は手にとることすらめったにない。だいたいは古書店で安価な漫画本を見繕って買い、読んだらすぐに売ってしまう。そんな自分がいったい何をどう書くべきなのか。

「調べてみたんだけどさ、ライトノベルっていうのがいいと思うんだよね」

「何それ。聞いたことない」

「何っていわれても説明しづらいんだけど。おれも詳しくないし。うーん。何だろ。あ。

そうだ。少年漫画ってあるでしょ」

「ジャンプとか、マガジンとか?」

「そうそう。あとサンデーとかチャンピオンとかね。それの小説版みたいな? だからまあ、少年小説みたいな感じ? うん。ほんと、ライトノベルとかいうからわかんないんだよ。少年小説でいいじゃん。少年小説で。これで決定。少なくとも、おれは決めたね」

「なんでその少年小説がいいと思うの?」

「だってほら、おれ、文学とか文芸とかよくわかんないしさ。なんかそういうのってこう、思想的な? ものとかメッセージ? みたいなのとか、こめないとだめっぽいでしょ。そういうの、とくにないし」

「じゃあ、なんで小説なんか書くの」

「いや、おれはほら、たぶん、あれなんだよ、クリエーター? 気質? みたいな。歌とかもそうだけど」

「だったら、歌、つづければ?」

「歌はねえ。だめだよもう。気持ちがぷっつりとね。いっちゃってるし。あと何だろ。うん。そうだ。おれ、嫌いなんだよね。自分の声が。この声じゃだめだなって思うんだよね。それがどうしてもぬぐいされなくてね。うん」

　こうして自分は少年小説とやらを書きはじめた。女は週に五日、たまに六日出勤し、飯を作って掃除と洗濯をした。自分の猫が壁で爪研ぎをすると、女は怒りくるった。

執筆のために大学に足繁く通っていると、それなりに単位を取得することができた。とはいえ四年で卒業するのはさすがに不可能で、一年留年しないといけないらしい。自分はその件で親に電話をした。

「というわけで留年決定ってことになったんだけどね。まあ、だめなら辞めるわ。うん。え？　せっかく大学入ったんだから辞めるなって？　あ、そう。だよね。じゃ、頼むね。悪いけど。うん。ごめん。え？　たまには帰ってこいって？　わかったわかった。今度ね。はい」

とりあえず向こう一年分の学費と仕送りを確保できたが、どうにも体裁が悪いので、自分はアルバイトを始めた。ある日、女が横目で猫を見て言った。

「猫、もう一匹、欲しい」

「ああ。そういえばバイト先の人が、飼ってる猫が子供産んだから、欲しい人いたらやるとか言ってたような。もらう？」

「もらう」

さっそくアルバイト先の先輩に頼むと、子猫を一匹もらい受けることができた。

自分の猫は団子尻尾で雉虎の雌だが、新入りの子猫も雉虎の雌で、尻尾が少し曲がっていた。顔はやや潰れ気味で端整とは言いがたい。最初は不細工な猫だと思ったが、すぐに見慣れたし、これはこれで愛嬌がある。女は一目で気に入ったようだ。

もらわれてきた当日は、自分の猫にしゃあと威嚇されたり、子猫のほうも全身の毛を逆立てて威嚇しかえしたりしたが、間もなく折りあいがついた。五日目には猫二匹が一緒くたに丸まって眠るようになっていた。


自分は猫のいる家で育ったが、実はこの子猫を飼うまではさして猫に興味がなかったのだ。猫という生き物はただ家にいるもので、家にいて当然だった。だからといってどうということもない、自分にとってはそんな存在で、親兄弟に冷淡な自分は猫に対してもそうだった。

しかしこの子猫はかわいかった。容姿も鳴き声も所作も何もかもが愛らしい。自分の猫も舐めるように子猫をかわいがった。これは比喩ではなくて実際、始終舐めまわしていた。

自分の猫は短毛だが、子猫は長毛とはいかないまでも、ふわふわとしたアンダーコートがしっかりと密生していて、オーバーコートは長めである。尻尾が少々曲がっていて、まるで狸のそれのように太く見えるのもいい。ちょっと鼻が短めで、垂れ目気味なあたりにも一種独特な趣がある。猫はたくさん見てきたが、これほど様子のいい猫はそういないだろう。

また、長じるに従って子猫はどんどん大きくなり、気がつくと自分の猫より大柄になっていた。大は小を兼ねるというが、小は大を兼ねない。大きいことはいいことである。早めに去勢手術を受けさせたら、それをきっかけに腹に肉がついたが、そのふっくらした佇まいも実に見事だった。

「ところでさ、教務係の人から電話があって、単位が一個だけ足りなかったらしいんだよ」

「へえ。ちょっと猫、返して。それで、どうなるの」

「返すとか。物じゃないんだから。まあ、また卒業できないんだけど。ようするに」

「猫、おいで。え。何それ。もう一回留年するってこと？」

「猫、行かなくていいよ。うん。そう。後期しかとれない単位が一個足りないって。教務係の人に確認してもらって時間割組んだんだけどなあ。ごめんね、間違った、だってさ。おいおいって感じだよ。死ねよおまえ、みたいな。まいるよね」

「困るんじゃないの」

「困るよねえ。どうしよ」

自分はやむをえず実家に電話をした。

「うん。そうなんだよ。教務係の人がさ。そう。おれのせいじゃないんだよ。まあね。もういいかなって。え？　だってさ。単位一個のために学費払ってもらうのもねえ。辞めちゃったほうがいいよね。え？　単位一個で卒業できるんだったらもったいないからしとけって？　そっか。そうだよねえ。そういう考え方もあるよね。それはそれで間違っていないっていうか。そういう道もあるっていうか。うん。悪いね。じゃ、お願いします。え？　たまには帰ってこいって？　わかったわかった。はい」

このような次第で自分は二度目の留年をすることになったのだが、前期は休学して後期の講義を一つ受けるだけで卒業できる。ほとんど大学に通わないのだから社会人同然であると判断され、仕送りという名の補給線が絶たれてしまった。

自分は就職活動などしたことがないし、しようと思ったこともない。少年小説のほうは書いた先から各社の新人賞に応募しているが、一次選考か、よくても二次選考で落選する。アルバイトこそしているものの、サポートスタッフという名目の苦情処理係のような仕事で、愚劣な常習的苦情屋の相手をするのはもう懲り懲りだ。

自分はアルバイトを辞めて小さな人材派遣会社と契約した。派遣先は携帯電話のソフトウエアを設計、作製する会社に決まった。

「プログラマー？」

「じゃなくて、システムエンジニアとかいうらしいよ」

「あんた、できるの。そんな仕事」

「いや、よくわかんないけど。面接ではとりあえず、できます何でもやりますとか言っといた。そしたら採用。楽勝。まあ、なんとかなるんじゃね？」

軽い気持ちで始めた仕事だったが、やってみるとそうたやすいものではなかった。五十から場合によっては七十に及ぶ各種仕様書をもとにして七百ページ以上の分厚い詳細な図解入りの仕様書を作りあげるのだと説明されても何のことやらちんぷんかんぷんだったが、事実ちんぷんかんぷんだった。

自分は数多くの失敗を犯し、そのたびにグループのリーダーを務めている女性や、その上司の口髭を生やした課長に呼びつけられて叱責された。叱られると、自分は神妙な顔をしてみたり、しょんぼりしてみたりしたが、内心ではたいして深刻に受け止めていなかった。職場には自分よりひどい、毎日上司に責められどおしの男がいた。彼も派遣社員なのだが、一向に首を切られる様子はない。自分も平気だろう。

ところが一年たって契約更新の段になると、派遣会社の人間から先方が契約更新を望んでいないと言い渡された。

自分はあえなく失職した。大学を卒業することはできたが、それと同時に学生の身分も失い、自分は無職になった。

3

昼前に目が覚めると、一服してから猫の便所を掃除して餌をやり、女を起こす。女が朝食兼昼食を用意している間にまた一服し、飯を食ったら後片付けは自分がする。それから顔を洗って歯を磨いたら、少年小説を書くか書くふりをして時間を過ごす。そのうち女が夕飯の準備を始め、できあがったら食べて後片付けをし、猫に餌をやる。女が入浴して身支度をし、出勤したら、飲酒、喫煙しながらテレビを見るかビデオゲームをして、眠気を催したら床につく。

自分には友人というものがいない。無職の身では外で酒を飲むのも気後れするし、買い物以外の用で外出することはないから、自然と規則的な生活を送ることになる。春も夏も秋も冬もたいして変わらない。変化といえば、寒い季節になると、自分の猫とかつて子猫だった女の猫が寝床に入りこんでくることくらいだろう。

「なんであたしの猫まで、あんたのとこで寝るわけ」

「そんなこと、おれに訊かれても。猫に訊いてよ」

「ねえ、猫。どうして？　て、答えるわけないし。ところで、仕事しないの？」

「仕事なあ。そうだなあ。そろそろ探すかね。探したほうがいいかね。そうだよね。うん。おれもそうだと思ってた」

自分は就職情報誌を購読したり、公共職業安定所を訪れたりしてみたが、めぼしい仕事は見つからなかった。ときおり派遣会社の人間が電話してきた。しかし、斡旋される職種はどういうわけかシステムエンジニアばかりである。自分は一度、失敗しているし、申し訳ないがそれは無理だと断るしかない。

「おれにはやっぱり小説しかないんだよ」

「ちゃんと書いてるの？」

「書いてる書いてる。書いてるって。でも、猫に邪魔されてさ。書いてると、まあパソコンで書くんだけど、キーボードの上に猫がのってきてさ」

「言い訳ばっかりだよね、あんたって」

「いや、言い訳じゃないんだって。なんでか知らないけど、猫は好きなんだよ。おまえの猫はキーボード、おれの猫は膝にのってくるわけ。これじゃろくに書けないっしょ」

「おまえって言わないでくれる？　なんかむかつくから」

「ごめんごめん。きみ。あなた。女王様」

「もういい」

女は気分を害すると黙りこんでしまう。そういえば最近、自分と女はあまり口をきかない。女はいつも機嫌が悪いようで、そうすると猫は女に寄りつかず、自分にばかり近づいてくる。女はそれがまた気に入らないようだが、自業自得なのでしょうがない。

　ふと思いたって猫の体重を計測してみた。量り方は簡単で、人間用の体重計でまず自分の体重を量り、それから猫を抱いて再度体重を量る。その差から猫の体重を求めるのである。自分の猫は三・五キログラムで、女の猫は六キログラムもあった。

「おまえ、ほとんど倍じゃん。二倍じゃん。ダブルじゃん。ダブルスコアじゃん。スコアじゃないか。でも、すごいな」

　声をかけると、女の猫は実にかわいらしい、子猫のときとさして変わらない、かぼそい声で鳴く。自分の猫のどこか鬱屈したような、どすのきいた鳴き声とは大違いだ。

「かわいくないよなあ、おまえ。ちょっとは見習ったら？　声とか。無理か。見習うもんでもないし。聞き習う？　ないか。そんな言葉。まあ、無理だよなあ」

　自分はめっきり独り言が増えた。女は相変わらず週に五日ほど出勤していて、家にいない時間は変わらないが、いる間もめったに話をしない。

「ちょっと」

「うん」

「あれとって」

「はい」

　その程度の受け答えが一日の会話のすべてという日が大半である。

「そういえばおまえら、何歳だっけ。五歳？　六歳？　七歳？　えっと、で、四歳違いだっけ？　違った？　うん。わかんないな。ていうか、おれ、何歳だっけ。ま、いっか。何歳でも。ははは。しっかしあれだよな。おまえはあれじゃん。後輩でしょ。言ってみれば。それなのに堂々としてるよねえ。身体だけじゃなくて態度もね。おれよりぜんぜん偉そうだもんなあ」

女の猫はまるでこの家の主のようだ。好きな場所で好きなように好きな体勢でくつろぐ。そこに自分の猫が先んじて居場所を確保していたら、ふん、と押しだしてしまう。自分の猫も情けない。女の猫にどんな扱いを受けても、まったく逆らうことなく引き下がり、争うそぶりも見せないのである。

たとえば、自分の猫は寒い時期、自分の布団にもぐりこみ、自分の腋の下にすっぽりと収まって眠ることがある。すると女の猫は足のほうから布団の中に入ってきて、自分の猫を押して押して、ついには追いだすのだ。自分の猫はひとり座布団の上で丸くなり、朝には冷蔵庫で冷やされたようにつめたくなっている。

「それでいいのか。おまえ。いいか。いいよな。べつに。死ぬわけじゃないし」

猫が答えるわけもない。

女がもう少し広い部屋へ引っ越したいと言いだしたので、東区東十五丁目のアパートに引っ越しをした。費用は女がすべて支払ったが、言い出しっぺなのだから当然だろう。自分は前の住居に何の不満もなかったのである。

転居すると、女は午前中に出勤して夕方に帰ってくるようになった。女には寝酒の習慣があり、自分も酒を入れないと寝つけない質《たち》だから、どうしても一緒に飲むことになる。飲めば二人とも口が軽くなって、多少は口をきく。

「あんたなんか、死ねばいいのにね」

「おっと。いきなり殺害予告ですか」

「死ねばいいって言っただけで、殺すとは一言も言ってない。あんたには殺す価値もない」

「言うねえ。いくらおれだって、傷ついちゃうよ？」

「うっせえんだよ、馬鹿。マジで死ね。呪われて死ね。死ぬ前に墓に入ってから死ね」

「何、その独創的な死に方。やめてよ。苦しそうだし。怖いって。うわ。叩くなって。なんで叩く？　意味わかんないんだけど。いたっ。やめっ、ちょっ、マジ、ほんと、ぅわっ」

女の酒は絡み酒で、自分はよく暴言を浴びせられたりぶたれたりした。酒癖の悪い女ほど厄介なものはない。酒乱女と飲みたくなどないが、酒は女が買ってくる。買ったぶんはその日のうちにたいてい飲んでしまう。自分はとうとう貯金を使い果たして酒代を持ちあわせていない。飲みたければ女と飲むしかないのである。

「まったく、肩身が狭いよなあ」

二匹の猫は女が買ったキャットタワーなるものによじ登って悦に入っている。最上段は女の猫が占領し、自分の猫は上から二段目が指定席だ。女の猫がよそへ行っている隙をついて自分の猫が最上段に登ろうものなら、女の猫がすっ飛んできて自分の猫を叩き落とす。哀れといえば哀れだが、なぜか不憫には思わない。

「だいたい、おまえ、かわいくないもん。歩き方もさあ。尻尾が団子になってるせいかね。不格好だし。なんか、ケツひょこひょこさせてさ。声は悪いし。鳴きはじめると、うるせえし。しつっこいし」

自分の猫はこのごろ自己主張が激しい。といっても猫の主張なので、何を言わんとしているのか自分には理解不能である。女の猫もたまに自分を見上げて高い声で鳴くが、そんなときは「ん？　どうした、何？　腹へった？　遊びたい？　よしよし」といった具合に構ってやる。しかし自分の猫に濁声で延々鳴かれると、最初は我慢しているが、そのうち頭にきて「うっせえんだよ、何言ってっかわっかんねえし、もういいかげんにしろ！」と怒鳴りつけてしまう。

「おまえは人徳がないんだよ。あ。違う。猫だから猫徳か」

気が向いたときに撫でてやると、自分の猫は喉を激しく鳴らして目を細める。自分の手に顔をぶつけるようにしてこすりつける。しまいには自分の手をがぶりと噛む。

「いてっ、おまっ、いきなり噛むんじゃねえ、バカッ」

尻のあたりを叩くと、自分の猫は脱兎のごとく逃げだす。団子尻尾なだけに、その後ろ姿は本当に兎のようである。


「あんた、あたしの仕事のこと、どう思ってるの」

「はい？　どうって？」

「いやだったりとかしないの」

「なんで？」

「なんでって」

「まあ、職業に貴賤はないって、おれは思ってるしね」

「あんたは無職だけどね」

「おれには夢があるしね」

「聞かせてくれる？　その夢ってやつ」

「まあ何だろ。やっぱりほら、ベストセラー作家だよね。うん。おれの本が百万部とか一千万部とか売れちゃったりしたら、儲かるじゃん。きっと」

「いつになったら本が出せるんだろうね」

「焦らないほうがいいと思うんだよ。こういうのは。焦ったら負けだよ」

「あたし、いつまでもこの仕事つづけらんないよ。わかる？　商品価値がどんどん下がってくんだよ。今だって年、鯖読んでるけど、限界がくるよ。そのうち、くるんだよ」

「大丈夫、大丈夫。まだまだ大丈夫だって」

「あんた、本当に死んだほうがいい」

女に養われているという弱みがあるから強くは言い返さないが、自分としても現状をよしとしているわけでは決してない。小説も書いている。新人賞に応募している。しかし結果が出ない。そうは見せまいとしている、だからわからないのかもしれないが、自分も苦しんでいるのである。

「ああ。つまんねえ。つまんねえ。つまんねえ。つまんねえ。やってらんねえ。ああ。つまんねえ。やってらんねえ」

自分は女が家にいないときギターを弾いて歌うようになった。観客は二匹の猫だ。別々の場所で丸まり、ときに二匹が絡みあうようにして、猫と猫は目をつぶり、自分の歌に耳を傾けている。あるいは眠っている。

女が家にいる間は見張られている気がするので小説を書く。酒を一緒に飲むのはやめた。女の酒を分けてもらい、それを飲みながら書くのである。自分が小説を書いていれば、女はまず声をかけてこないし、余計な話をしなくてすむ。

自分が小説を書いていていると、女の猫が液晶モニターの前をうろついたり、キーボードにのしかかってきたりする。自分の猫は隙あらば自分の膝にのろうとする。二匹が代わる代わる鳴いて何かを訴える。どちらかが電話機の上に座る。受話器を蹴り落とす。断りもなくストーブのスイッチを入れる。何かの拍子に自分の猫の団子尻尾にケーブルが挟まり、痛い痛いと鳴き叫ぶものだから外してやろうとした自分の手に噛みついて恐ろしい声を出す。二匹で走りまわる。やかましくてまるで集中できない。

「もうやめてくれ。やめてくれ。やめてくれ。やめてくれ。頼むから」

自分はときおり血迷って大声をあげた。自分の顔や頭を殴りつけることもあった。金属製の机の脚を蹴ったりもした。奇声を発しても自分自身を殴っても家具を足蹴にしても、女は何も言わなかった。女のほうを見ると、いつもそっぽを向いている。猫は隠れて出てこない。自分は小説を書いた。ある日、電話があった。授賞の報せだった。

4

自分の猫はもう十歳で、女の猫も六歳である。ちょっと考えればわかるにしても、ふだんは年など意識しない。自分の年齢も同じで、旅券をとる際に年齢を尋ねられたのだが、自分はとっさには答えられなかった。

自分は新千歳空港から飛行機に乗って東京の千代田区にある出版社まで足を運んだ。編集者と顔合わせをして以後は電話で打ちあわせを重ねたが、本が出る気配はない。自分が少年小説のつもりで書いた小説は、どうやら先方が求めている小説とは違うようで、この受賞者は根本的にずれているのではないかという懸念を出版社側が持っているらしいのだ。自分としてはそれを晴らすような小説を書きあげねばならない。しかしこれがなかなかうまくいかないのである。

結局、出版社が渋々納得する程度の原稿がどうにかこうにかできあがったころには、受賞から一年以上たっていた。

女が突如として仕事を辞めた。

「え、や、や、辞めたって。ど、ど、どうすんだよ。やばいじゃん。金。困るじゃん」

「蓄えがあるし」

「でも、そのうちなくなるじゃん」

「本、出るんでしょ」

「いや、今のとこ出るっぽい感じではあるけど、まだこの先どうなるかわかんないし」

「がんばって。あたし、もう疲れたから」

女が一日中家にいて見張っているので、自分は猫に邪魔されながら小説を書くしかない。小説を書くふりをしてウエブサイトを閲覧するくらいのことはできるが、すぐに飽きてしまうから、小説を書く作業に戻らざるをえない。

自分の本は無事刊行されたが、売れ行きは良くも悪くもなく平凡だった。きっと販売戦略に問題があったに違いない。だとすると自分のせいではないから、これはやむをえないだろう。やむをえないといっても自分の収入に直接関わってくるわけで、自分は出版社を恨んだが、文句をつけて干されてはたまらない。勿体をつけて何々先生などと呼ばれても、実態はあちらが主でこちらは従である。我慢するしかない。

「あんたの小説が載ってる雑誌、読んでみたんだけど」

仕事を辞めて以来、女はだらだらしている。もともと要領のいい人間で、家の中のことは手早く片づけてしまうから、あとは自分を見張りつつテレビを見るか、猫とたわむれるか、寝るくらいしかやることないようだ。自分と同じで女にも友人というものがいないし、出不精だから、買い物以外では出歩くこともない。暇そうである。

「なんか、あんたの、他のと違わない？」

「え？　違う？　そう？　いやあ、おれ、他の人のは読んでないから、よくわかんない」

「読んでないの？　だめじゃないの、それって」

「ううん。読むとさ。なんかこう、複雑なね。気持ちになって。たとえば、おもしろかったら、だよ？　何こいつおもしろい小説書いちゃってんのむかつく、とか思うでしょ。おもしろくなかったら、何こいつクソつまんねえ小説書いてんの時間の無駄だったむかつく、とか思うでしょ。で、おもしろい小説書いてる人も、おもしろくない小説書いてる人も、おれよっかずっと売れてたりするんだよね。そうしたらさ、もう余計むかつくじゃん」

「最低だね、あんた」

「ええ。そお？　そうかなあ」

「とにかく、あんたの小説、なんか浮いてる感じがした」

実際、自分は二冊、三冊と本を出すごとに、本流から外れる異端者として、知る人ぞ知る小説家として、一部の好事家にだけ認知されるようになっていった。

自分の本はさして売れないが、救いがたいほど売れないわけでもない。一握りの物好きには偏愛されて過分の評価をいただく。それがために自分に仕事を依頼する者もいる。自分は選り好みをしないので、きた仕事は受ける。女が見張っているものだから仕方なく小説を書いていると、さっさとすんでしまう。本が出る。たいして売れないが、自分の支持者は大喜びする。その評判を目にし、耳にして何か勘違いした出版社の者が自分に仕事を依頼する。本が出る。


「おまえ最近、太ったんじゃね？」

自分は女の猫を抱きあげてみた。重い。女の猫は抱かれると全身を弛緩させる。それもあってか、ずっしりと重い。

「おまえは軽いな、相変わらず」

女の猫を床に下ろし、今度は自分の猫を抱いて、その重みの差に呆れる。体重という量の差より質の差を感じた。重さの質が違うのである。

この二匹が夜になると自分の毛布を踏みにくる。そして争い、女の猫が自分の猫を追いだす。それでいて女の猫は毛布踏みに飽きるとどこかへ行ってしまう。自分の猫が戻ってきてまた毛布を踏みはじめると、女の猫も舞い戻ってくる。そんなことを一晩中繰り返すのだ。自分としてはたまったものではない。

「おまえら、おれを殺そうとしてるよな、絶対」

自分は不眠に悩まされていた。起きている間は少年小説や幻想小説や露悪小説や性愛小説を書いてばかりいる。仕事だからやむをえないが、気がつけば他のことはほとんど何もしていない。

今年の誕生日は温泉旅行に出かけたいと女が言いだした。一泊二日なら猫を留守番にしても平気だろうということで、仕事の合間を縫って近場の温泉宿に泊まった。自分は枕が変わると寝つけないので、あまり眠れなかった。丸一日以上も仕事を休むと調子が乱れていらいらした。旅行は金輪際やめにしようと心に決めた。

何しろ自分の本はさして売れないから、部数ではなく刊行数で勝負するしかない。新刊が並ぶ平台に常時自分の本が置かれていれば、少しは人目につくだろう。月に一冊は出したい。幸い仕事はある。たいして売れない小説家によく仕事をよこすものだと思うが、おかげで自分は助かっている。自分もできれば恩返しがしたいと考える程度の良識は持ちあわせているので、売れる小説を書きたい。書いているつもりだが、一向に売れない。相も変わらず好事家が話の種にしてくれるだけである。

これではいけないと思う。今はなんとかなっているが、このままではいつか仕事がなくなる。

売れる小説を書かなくてはいけない。

書いているつもりである。

しかし売れない。

数を打てば当たるだろうと書く。

ひたすら書く。

本は出るが、思うように売れない。

猫は気楽である。猫はやりたくないことはしない。寝たければ寝る。食いたければ食う。運動不足を感じれば走る。注意を引きたければ人の邪魔をする。怒られても懲りない。人肌が恋しければすり寄ってくる。母猫の乳を押していたころを思いだして毛布を踏む。自分は猫になりたい。

朝、目は覚めているのに、起きあがることができなかった。身体に力が入らない。

自分は半ば転がるようにして寝床から移動し、掃除をする女の姿を横になったまま眺めていた。女は自分に何も尋ねない。自分も何も話さない。口を開くのも億劫なのだ。尿意を感じると、自分は這って手洗いへ行った。女が用意した飯には手をつけなかった。あとは床に寝ていた。

夜が暮れて明け方、自分の猫が近づいてきてひとしきり自分の臭いを嗅ぐと、尻をひょこひょこさせながら行ってしまった。自分はまるで死体のようだと思った。

午後になると、女が「どうしたの」と自分に訊いた。自分は首を横に振った。わからないと答えたつもりである。本当にわからないのだ。空腹も感じない。喉も渇かない。酒も煙草も欲しくない。ひたすらだるい。自分はどうしてしまったのだろう。

三日もすると飲食くらいはできるようになったが、歩くと膝や腰が抜けるような感覚に襲われる。仕事のことを考えた。いくつかの締切が脳裏をちらつきだした途端、頭がふらついて涙が出てきた。自分の猫が寄ってきて頬を舐めた。猫の舌はざらざらしているので痛かった。

「病院行ったほうがいいんじゃないの」

「うん」

「ただ寝てるだけじゃよくならないんじゃない」

「うん」

「行かないの、病院」

「うん」

「どうなっても知らないから」

「うん」

一週間たつと、昼間は椅子に座っていられるくらいまでに回復したが、仕事にまつわることを思うだけで全身が重たくなる。しかし、締切を過ぎている仕事が一つあるように思うが連絡もない。メールは確認していないものの、電話が鳴らないということは緊急を要する用件はないのだろう。誰も自分には用などないのかもしれない。おそらく自分の仕事などあってもなくても変わらないのだ。自分のような者にも多少は支持者がいるらしい。もし野良猫が行方をくらまして死ぬように自分が消えたら、あれ、最近あいつの本が出ないな、などと思う者も少しはいるかもしれないが、そのうち忘れるだろう。

死のう、とは思わない。死にたい、とも思わない。ただ、このまま死んでしまえれば楽だと思う。

自分が寝転んでいるすぐそばで、自分の猫が嘔吐した。女は始末しない。自分がやらねばと思う。億劫だが、トイレットペーパーでくるんだ吐瀉物を便所に流して雑巾でふいた。雑巾をすすいで干すと、自分はもとの場所で横になった。

自分の猫はしばしば嘔吐する。女の猫はときおり身体の一部を毛が抜けて血がにじむまで舐める。病気だろうかと心配したこともあるが、いつしかそんなものなのだろう、それも一つの個性なのだと考えるようになった。

「小説、やめたら」

女が酒を飲みながら呟くようにそう言い、自分は少しだけ笑った。

「それじゃ、おれ、何すればいいんすかね」

「知らない」

「どうやって生活していくんだよ」

「あたしが働けばいいいし」

「もう無理なんじゃないの」

女に殴られた。

自分は翌朝、コンピューターを起動してメールを確認した。お電話つながりませんが大事ありませんか、といった文面のメールが数通届いていた。自分はもっぱら仕事に用いている携帯電話の蓄電池が切れていたことに気づいた。

5

自分は煙草をやめた。憂鬱は去らない。仕事をしている時間よりも、仕事をしよう、仕事をしなければならないと念じている時間のほうが遥かに長い。仕事の量は減った。月に一冊の本を出すなどとうてい無理だ。当然、収入も少なくなった。

女がスーパーマーケットでレジスターを打つ短時間勤務の仕事を見つけた。

「やっぱり、あれ？　笑顔でさ、いらっしゃいませとか言ったりするの？」

「いらっしゃいませは言うけど、いちいち笑わない。めんどくさいでしょ」

無愛想な店員である。

自分はときおり寝こむ。多くは、ある小説の執筆にとりかかる前か、その最中である。それは自分が抱えている長いシリーズ物の小説で、巻数は十巻を超え、登場人物が数百人に及んでいて、何がなんだか自分でもさっぱりわからない。書くのも手間だが、書く意欲を維持するのも大変だ。

何せ、シリーズ物というのは一巻より二巻のほうが売れず、二巻より三巻のほうが売れない。売れ行きは必ず先細りしてゆく。出版社としてはこれだけ売れればまあ採算が合うという部数があって、できればそれを下回る前にシリーズ物を終わらせてしまいたい。だがこちらとしては、せっかく前もって遠大な構想を練っているわけだし、いきなり終わらせろと言われても困る。自分の本はさして売れないが、少数の読者は非常に熱心だから、彼ら、彼女らの期待を裏切りたくもない。彼ら、彼女らにそっぽを向かれると自分の商売は成り立たなくなるので、これは死活問題なのである。

しかし実際問題、巻を重ねるごとに売れ行きは鈍る。今巻は前巻より売れなかった。次巻は今巻より売れないであろう。その予想が外れることはない。自分が渡っている橋は次第に細くなり、いつか橋というより棒のごときものになって、その上を歩くことなどできなくなる。そのときは確実に訪れるのだ。

書けば書くだけ、そのときが近づいてくる。

いっそもう書かずにやめてしまえばいいのかもしれないが、そのシリーズ物は自分の収入を支える大黒柱だ。大黒柱を抜いたら自分の襤褸屋は崩壊してしまう。

「ようやくわかったんだけど」

自分はまた女と酒を飲むようになっていた。煙草をやめて以来、酒がうまくて仕方ない。

「おれ、才能ないのかも」

「そうなんだ」

「いや、そこは否定しようよ。とりあえず否定しとこうよ。元気づけようとか、慰めようとか、ないの？　そういうの」

「あたしがあんたに才能あるとか言って、あんたはそれを信じるの？」

「信じるかもしれないじゃん」

「よくわかんないけど、才能ある人って、誰もその人のこと信じなくても、その人だけはその人のこと信じてるものなんじゃない」

「そういうもんかねえ」

「知らないけど。なんとなく」

　女は酔っても絡んでこなくなった。それはいいことだが、自分を信じることのできない自分には才能がないのか。だがいったい才能とは何だろう。

「おまえには才能があると思うけどね」

　自分は長椅子の上で優雅にくつろいでいる女の猫を眺めてため息をつく。

「かわいいっていう才能が。それにひきかえ、おまえは」

　自分の猫はファンヒーターの前に座っている。姿勢を低くして両前肢を胸の下に折りこむこの座り方を俗に、香箱を作る、という。目をつぶっているが、たまに薄目を開けたり、目をしばしばさせたりするところなどは、縁側でぬくむおばあちゃんのようである。

「いや、ぜんっぜんかわいくないってことはないんだけどさ。どうしてもねえ。比べちゃうとね。比べる相手がね。うん。残念だったな。相手が悪いよ」


　仕事がはかどらない。憂鬱は部屋の隅にずっと居座っていて、隙あらば自分にのしかかり、押し潰そうとする。ただでさえ自分の本はろくに売れないのに、なかなか原稿が書きあがらない。本が出ない。そうはいっても大多数の同業者よりは多くの本を出しているのだが、以前の自分と比べると物足りない。当時でも知名度が上がらず苦戦していたのだから、これではお話にならない。

やはり自分には才能がないのだろうと思う。才能とは何だろう。ようは結果である。結果を出した者が才能があると見なされる。すなわち自分に才能がないことは明白である。結果を出すことができない、才能のない自分を信じることなどできようか。自分はそこまで図々しくない。

もうだめだろうと思う。身体に力が入らなくなる。憂鬱が自分を組み敷いて、自分は息ができなくなる。

自分は憂鬱を置き去りにしようと北区屯田の広々としたアパートに転居したが、奴はついてきた。場所ではなく生活自体を変えるべきなのかもしれない。思えば、自分は仕事をしようと念じるか仕事をしているか、それだけにほとんどの時間を費やしている。どう考えてもこれは甚だ不健全だ。

自分は無理をして自動四輪車とデジタルカメラを買った。免許証は大学に入学する前に取得したが、長らくただの身分証明書代わりだったので、本来の役割を果たしてもらうことにした。

自分は車の運転を練習しはじめた。思いたって一人旅をした。行く先々で風景を撮影した。家では女の猫を撮った。女の猫と自分の猫が一緒にいるところを写真に収めることはあっても、自分の猫を単体で撮ることは少ない。どうしても興をそそられないのである。

机の前で椅子に腰かけ、膝の上で香箱を作っている自分の猫の喉を撫でながら、自分は今日も、仕事をしよう、仕事をしなければ、と念じている。徐々にこの準備段階に要する時間が短くなってきているような気もするが、やはり気のせいかもしれない。

「しっかし、おまえって軽いよな。のってる感じがしないもん」

膝の上にいてもさして邪魔にならないので、自分は自分の猫をそのままにして、やがて仕事にとりかかる。自分の猫がそこにいることなどすぐに忘れてしまう。キーボードを打つ手が止まると、そこにはまだ自分の猫がいる。

「ちょっとさ、トイレ行ってくるから」

自分は自分の猫を床に下ろす。自分の猫は尻をひょこひょこさせながら二歩、三歩と歩き、振り返って自分を見上げる。不満そうというよりは眠そうな顔である。そうして自分が手洗いから帰るまで待っている。自分が椅子に座ると、また膝にのってくる。ふと思う。こんなにもべたべたとくっついてくる猫だったろうか。年のせいもあるのかもしれない。

「おまえ、何歳だっけ。ねえ、こいつって何歳？」

居間でテレビを見ている女に尋ねると、十四歳でしょ、という答えが返ってきた。

「十四か。へえ。まあ、実家の猫は二十一まで生きたっていうしね。でも、おまえもあれだね。ちょっと気をつけないとね。なんかよぼよぼしてきてるし」

自分の猫が以前にも増して頻繁に嘔吐するようになったのはそれから間もなくだった。

6

八月だ。夏の盛りである。夏バテなのかもしれない。とにかく食べると戻してしまう。その様子がひどく苦しそうなので、自分は自分の猫の背を撫でてやる。吐いたあと自分の猫は申し訳なさそうにしている。せっかく用意していただいた餌をこのような形で無駄にしてしまい、誠に申し訳ありません、と謝っているように見える。ついには吐瀉物に血のようなものが混じるようになった。歩くのも億劫そうで、ほとんど動こうとしない。

「病院、連れてったほうがいいんじゃないの」

女は自分の猫にはさわらない。昔、抱かれ癖をつけようとしてしつこく抱きあげたが、そのたびに噛まれたり引っかかれたりしたので懲りたのだろう。

「連れてったほうがいいかね。ううん。でも、吐くのはいっつもだしなあ」

自分の猫は、あぐらをかいている自分の膝の上で船を漕いでいた。自分から離れたがらないのである。女の猫は寄ってこない。

「病院、いくらくらいかかるんだろ」

「知らない」

「金、下ろしたほうがいいかな」

「さあね」

「じゃ、連れてってみるわ」

自分は自分の猫を猫用のキャリーケースに閉じこめて動物病院へと連れていった。運動が好きそうな体格のいい医者が自分の猫の体重を量った。自分が申告した体重は三・五キロだったが、実測値は二・六キロだった。いつの間にか〇・九キロも減っていたのである。自分は愕然とした。体重が往時の約四分の三になったということではないか。医者はそれから採血をした。診察は以上だという。たったそれだけなのか。自分は一抹の不安を感じたが、専門家の医者が言うには数値から肝臓と腎臓の具合が悪いらしい。

「もう十四歳ですからねえ。おばあちゃんですから。見たところ歯はしっかりしてますけど、内臓が弱ってますね。点滴をします。あと、栄養をとらせてください。カリカリの餌より、やわらかいものがいいですね。カリカリの餌は、栄養はあるんですが、水分が少ないので。あと、栄養たっぷりの流動食があるんです。これを出しますので、食べさせてやってください。餌に混ぜるか、注射器で」

自分は医者に言うとおりにした。今までは医者が言うカリカリの餌をやっていたが、缶詰やパウチ包装のやわらかい餌を大量に買ってきた。自分の猫は贅沢で好き嫌いが激しく、口をつけるものはかぎられていた。口をつけたものだけを少しずつ食べさせた。流動食は嫌いのようだ。餌に混ぜると匂いを嗅いだだけでそっぽを向いてしまう。やむをえず注射器で口の中に注ぐことにしたが、自分の猫はこれもいやがって大暴れした。自分一人ではとても無理なので、女に手助けを頼んだ。自分は自分の猫を羽交い締めにして、女に注射器で口腔内に餌を注ぎ入れてもらった。

食べるとだいたい戻してしまう。だが吐瀉物に血は混じらなくなったし、点滴と流動食の効果か、二日するとやや元気になった。だいたい寝ているが、たまに起きてそのへんを歩きまわる。餌を用意しようとすると寄ってくる。自分の仕事部屋の窓辺には背の低い書棚が設置してある。ふと見れば自分の猫がその上で香箱を作って日向ぼっこを満喫していた。気づかなかったが、自力で書棚の上に跳びのったのだろう。そんな跳躍力を発揮することができるのだから、もう心配ない。液体に近い軟便なのが気にかかるが、人間でも排便できなくなると危ないと聞く。そうではないということなので、たぶん大丈夫だ。

病院で診てもらってから四日目、自分の猫は何を思ったか高い戸棚に跳びのって、すぐに降りた。

「おお。すごいな、おまえ。そんなに跳べんのかよ。やるな。でも、無理すんなよ。あれ。ていうか、おまえ、どうしたの、足」

見ると、右の後肢を引きずっている。まさか骨折でもしたのか。慌てて病院に連れてゆくと、医者は自分の猫のレントゲン写真を撮って自分にそれを示した。

「足は大丈夫ですね。背骨です。全体的に硬くなっていて、ここ、このあたりがずれている。そのせいです。麻痺ですね。残念ですが、回復は望めないかもしれません」

「え。治らないってことですか。マジで？」

「この子、尻尾が曲がっているでしょう。こういう猫ちゃんは弱いんですよ。遺伝的に」

「そうなんすか。初めて聞きました。いっぱいいますけどね。尻尾がこんなふうになってる猫なんて。へえ。そうなんだ。治らないんすか……」

「まあ、足が不自由でも、けっこう大丈夫だったりしますからね。とにかく、栄養をとらせることですね」

自分は医者の言うとおりにした。自分の猫が好む缶詰の餌はもう判明しているので、それを少量ずつ何度にも分けて食べさせる。流動食も与える。右の後肢はまったく動かないようだ。自分の猫も右後肢が動かないことをむしろ不思議に思っている様子である。それでもちゃんと猫砂を敷きつめた便所で排泄するのだからたいしたものだ。ただし便はかなりやわらかい。嘔吐はしていない。

二日たつと、自分の猫は動かない右の後肢を引きずるのではなく、ちょんちょんと床についで歩くようになった。どうやら右後肢の付け根の部分は麻痺していないらしい。そこの筋肉を駆使して後肢全体を持ちあげることを覚えたようである。自分が歩けば自分の猫はへこへことあとをついてくる。自分を見上げて太い声で鳴く。鳴き声にも力が戻ってきたように思える。

自分は安堵して少し仕事の真似事をした。気がつくと、自分の猫が仕事部屋の窓際に置いてある書棚の前に座り、首だけ振り返らせて自分を見ている。

「ああ。何。上がりたいの？　でも無理だよなあ。その脚じゃ。あ。わかった。ねえ、ちょっと、あのさ、椅子」

自分は居間でテレビを見ている女に声をかけて、折り畳むことのできるパイプ椅子を持ってきてもらった。

「よし、ここに椅子を置いて、と。ほら。どうよ。こうしたらいけんじゃない？　ここにのって、それから、ここ。やってみ。うん。そう。おお。いけたいけた。ねえ、すごくね？」

「すごいね。少しよくなったみたい」

「だよね。よくなったよね。あはは。おまえ、そこがいいの？　けっこう日当たりいいしね。あ。座布団敷いてやるかな。いや、枕にしよう。おれの使わなくなった枕。こいつさ。よくおれの枕、半分占領したりもしてたからね。おれが寝てんのに」

「あんたの匂いが好きなのかもね。飼い主だから」

「なのかなあ。ほら、この枕。ここに置いてやるから。いいぞ。寝ても。うん。やっぱり好きなんだな。おれの枕」

自分は窓際の書棚の上に置いた自分の枕の上で香箱を作る自分の猫の姿を写真に収めた。

「ほんと、一時はどうなるかと思ったよ。まあもう年も年だからなあ。いろいろ気をつけてやんないとだめなんだね。けどさあ。ほら、実家の猫、二十一まで生きたって」

「らしいね。かなり長生きだと思うけど」

「でもさ、最近の猫はみんなけっこう長生きらしいよ。まだ大丈夫でしょ。わかんないけど。あと何年かは」

「そうかもね」

「十七、八くらいまではいけると思うんだよね。なんとなく」

自分の猫は順調に回復していった。自分の目にはそう映っていたのである。


八月二十一日だった。午後二時を回ったころ、居間で寝ていた自分の猫が、起きあがったかと思うと嘔吐した。一時間ほど前に食べた餌を残らず吐きだしてしまったようだ。ものすごい量である。

自分の猫は座りこみ、また立ちあがったが、どうもおかしい。腰が抜けているのに、無理やり歩こうとしている。そんなふうに見える。

自分が後始末をしていると、自分の猫はふたたび吐いた。血と胃液が混じったようなものだ。息が苦しそうである。呼吸が狭く、どんどん狭くなる。

「ちょ、おまえ、動くなって、何、なんで歩く、どこ行くんだよ、おい」

自分の猫はよろめきながら自分の仕事部屋へと向かう。じっとしていたほうがいいのではないかと思うが、なんだか怖くて押しとどめることができない。

自分が仕事をする際に使っている机の下まで行って、自分の猫はついに倒れた。犬のように舌を出している。

「どうしよう。ねえ、どうしようか。どうすればいいんだろ」

「あたしに訊かれても」

自分はうろたえていて、女は当惑している。

「だって、元気だったのに。元気になってきてたのに、いきなりこんな。なんで」

「病院、行くしかないんじゃないの。とりあえず」

「でも、日曜じゃん。ああ、でも、電話かけてみよう」

自分は何度か診てもらった動物病院に電話をした。出ない。留守番電話にもならない。日曜だからといって、休診日だからといって、ひどい医者だ。天誅が下ればいい。自分の猫は苦悶しているのである。また吐いた。違う。これは糞尿ではないか。垂れ流している。

手早く糞尿の始末をしている間に思いついて、自分は実家に電話をした。妹が出た。自分の実家は何匹も猫を飼っていて、その世話しているのは妹で、彼女はこれまで何匹もの猫を看取った経験がある。

「なんかさ、やばいんだよ。もう倒れてて。起きあがれなくて。垂れ流しで。舌、出してる。どうなんだろ、これ」

「それはもう、だめかもしれないね。そこまでいったら、もたないかも」

「そんなこと言うなよ」

「猫はあっという間だから」

「何だよ、あっという間って」

自分は頭にきて電話を切り、電話帳で日曜もやっている動物病院を探した。あった。住所からすると、車で二十分ほどかかりそうだが、背に腹は代えられない。自分は濡らしたタオルで自分の猫の身体をふき、キャリーケースに入れた。いつもはキャリーケースに入るのをいやがるのに、今はぐったりしている。だが息はしているのである。

女が車を運転するという。自分は後部座席に自分の猫と一緒に乗った。女は車を飛ばした。自分は自分の猫の名を呼びつづけた。途中道に迷ったのにもかかわらず、十五分少々でついた。

その動物病院はがらんとしていて清潔そうだった。髭を蓄えた医者が自分の猫を診てくれた。自分はもう覚悟していた。自分の猫はまだ息をしている。静かに、静かに、息をしている。今にも絶えそうである。案の定、診察を終えた医者は首を横に振った。

「申し訳ないけど、もうだめだ」

「ですよね。やっぱり。そうですよね」

「延命の処置はできるけど、しても意味がないと思う。もうちょっと早く連れてきてくれればね。できることもあったんだけど」

医者は顔をしかめてとても悔しそうである。自分も悔しかった。直感的に悟ったのだ。彼はいい医者である。だが前に診てくれた医者は、少なくとも自分の猫にとってはあまりいい医者ではなかった。休診日に電話に出てくれなかったからそう思うわけではない。たとえば、目の前の医者は自分の猫の身体を隅々までさわり、よく観察して、匂いを嗅いだ。しかしあの医者は、注射をしたり採血をしたりレントゲン写真を撮ったりするだけだった。振り返れば、自分はそのやり方に違和感を覚えていた。やけにあっさりしていると感じたが、そんなものなのだろうと思い、すぐに忘れてしまった。自分は愚かだったのである。

「尻尾の曲がった猫は遺伝的に弱いとかって、聞いたんですけど」

「尻尾？　いや、そんなことはないと思うよ。関係ないでしょ」

「お医者さんが言ってたんですよね」

髭の医者は何も答えなかったが、明らかに、妙なことを言う医者もいたものだ、と考えているような表情を浮かべていた。つまり自分は失敗したのだ。家から近いというだけの理由で病院を選んではいけないのだ。最初からこの医者に診てもらっていれば、何か違っていたかもしれないのだ。納得はできたかもしれないのだ。自分は間違いを犯したのだ。

「これから、どうすればいいですかね」

「まあ、連れて帰って、ゆっくりと眠らせてあげたらどうですか。ああ、でも、どうだろう。呼吸が」

髭の医者は自分の猫に聴診器をあてて目をつぶった。しばらくそのままでいた。

「今、止まった。うん。止まってるね」

「そうですか」

髭の医者は自分の猫を恭しいと表現しても大袈裟ではない丁寧な手つきでキャリーケースの中に寝かせてくれた。

「でもね。よかったと思うよ。最後までこうしてね。飼い主さんに面倒みてもらって。この子は幸せだったと思うよ」

「そうですかね」

「本当にそう思うよ。何もできなくて、申し訳ないけど」

「いいえ、とんでもないです。あの、お金は」

「いいよ。いらないよ。何もできなかったから」

「ごめんなさい。ありがとうございます」

自分と女は何回も頭を下げて病院をあとにした。女が運転する車の中で、自分は自分の猫の頭を撫でていた。家に帰ると、女の猫は一度、自分の猫が静かに眠っているキャリーケースのそばまできて匂いを嗅いだが、それきり近づいてこなかった。

翌日、業者に依頼して火葬してもらい、自分の猫は白い骨になって陶器の骨壺に納められた。

骨壺を家に持ち帰ると、女の猫が駆けよってきた。自分は、ただいま、とだけ言い、女は女の猫に、骨になっちゃったよ、と声をかけた。

自分は仕事部屋の窓際の書棚の上に骨壺を置いた。椅子に腰かけて骨壺を眺めていると、女の猫が書棚に跳びのった。しきりに骨壺の匂いを嗅いで、なかなか去ろうとしない。女の猫も猫なりに何か思うところがあるのだろうか。女が仕事部屋の戸口に立っている。骨壺と女の猫を見つめているようだ。

「かわいくない猫だったなあ」

「だっこ猫にならなかったしね」

「声がさ、よくなかったよね。なんかひねくれてて。素直じゃないっていうか。甘えようとするくせに、噛んだりして」

「そうだね」

「でも、きっと、あれっておれのせいなんだよね。あいつが小さいころ、家、あけてたから。あけまくって、ずっとひとりにしてたからさ。そのせいだと思うんだよね」

「そうかもね」

「なんか、おれに似てたよね」

「ちょっとね」

「もう少し、生きててもらいたかったなあ。せめて十七歳くらいまではさ」

「あのね」

「うん」

「あのね」

「何?」

「あたしね」

「うん」

「気づいてなかったと思うけど、子供ができたみたいなの」

「へえ」

自分は骨壺と女の猫から目を離して天井を見上げた。

「あいつの写真あるかなあ。何枚かはあるよね。たぶん。写真立てか何か買ってさ、飾ろうかな」

「そうだね。いいと思う」

「見せてやりたかったなあ」

「何を?」

「子供。猫に。変かな」

「変じゃない」

女の声は少しだけかすれていた。

自分はコンピューターを起動してテキストエディターを立ちあげた。自分の本はさして売れない。自分には才能がないのだろう。自分を信じることもできそうにない。それでも、小説を書きたい気分だった。自分は一行目に、私の猫、と打ちこんだ。

初出等一覧

父と猫　書き下ろし。

19981999　書き下ろし。

愛はたまらなく恋しい　『文芸ラジオ　8号』（京都芸術大学・東北芸術工科大学出版局藝術学舎、2022）掲載。本書収録にあたって改稿。

私の猫　星海社Webサイト『最前線』にて「カレンダー小説」として2012年2月22日〜28日まで限定公開、その後『星海社カレンダー小説2012（上）』（星海社、2012）収録。本稿は初出時に節略を余儀なくされたため、本書収録にあたって旧に復するとともに、改稿。

十文字青
作家。北海道生まれ。
北海道大学文学部卒。北海道在住。

私《わたし》の猫《ねこ》

二〇二四年五月一九日初版第一刷発行

著者名　十文字青《じゅうもんじあお》
発行者　平林緑萌《ひらばやしもえぎ》
発行所　書肆《しょし》imasu《います》
発売元　合同会社志学社
〒二七二－〇〇三二
千葉県市川市大洲四－九－二
電話　〇四七－三二一－四五七七
装幀　名久井直子《なくいなおこ》
装画　タダジュン
本文組版　はあどわあく（大石十三夫）
印刷所　中央精版印刷株式会社

定価は帯に表示しております。

Printed in Japan.　ISBN 978-4-909868-13-8　C0093
お問い合わせ　imasu@shigakusha.jp
https://shigakusha.jp